ESCOLHA SUA AVENTURA

{ O SEGREDO DOS NINJAS }

ESCOLHA SUA AVENTURA

{ O SEGREDO DOS NINJAS }

JAY LEIBOLD

Tradução
Carolina Caires Coelho

1ª edição

Rio de Janeiro-RJ / Campinas-SP, 2013

VERUS
editora

Editora: Raïssa Castro
Coordenadora Editorial: Ana Paula Gomes
Copidesque: Ana Paula Gomes
Revisão: Anna Carolina G. de Souza
Capa e Ilustrações: Weberson Santiago
Assistente de Arte: Giordano Barros
Projeto Gráfico: André S. Tavares da Silva

Título original: *Secret of the Ninja*

ISBN: 978-85-7686-271-0

Copyright © R. A. Montgomery, Warren, Vermont, 1987
Copyright © Chooseco, 2005
Todos os direitos reservados.

Tradução © Verus Editora, 2013
Direitos reservados em língua portuguesa, no Brasil, por Verus Editora. Nenhuma parte desta obra pode ser reproduzida ou transmitida por qualquer forma e/ou quaisquer meios (eletrônico ou mecânico, incluindo fotocópia e gravação) ou arquivada em qualquer sistema ou banco de dados sem permissão escrita da editora.

Verus Editora Ltda.
Rua Benedicto Aristides Ribeiro, 55, Jd. Santa Genebra II, Campinas/SP, 13084-753
Fone/Fax: (19) 3249-0001 | www.veruseditora.com.br

CIP-BRASIL. CATALOGAÇÃO NA FONTE
SINDICATO NACIONAL DOS EDITORES DE LIVROS, RJ

L535s

Leibold, Jay
  O segredo dos ninjas / Jay Leibold ; ilustração Weberson Santiago ; tradução Carolina Caires Coelho. - 1. ed. - Campinas, SP : Verus, 2013.
  il. ; 21 cm   (Escolha sua aventura ; 4)

Tradução de: Secret of the Ninja
ISBN 978-85-7686-271-0

  1. Ficção infantojuvenil americana. I. Santiago, Weberson. II. Coelho, Carolina Caires. III. Título. IV. Série.

13-02405   CDD: 028.5
                                            CDU: 087.5

Revisado conforme o novo acordo ortográfico

{NOTA ESPECIAL SOBRE OS NINJAS}

A antiga arte praticada pelos ninjas se chama ninjútsu — o modo da furtividade ou da invisibilidade. Ela foi desenvolvida a partir de muitas fontes, incluindo artes marciais japonesas (*bujutsu*), táticas chinesas de guerra, práticas místicas tibetanas e religiões das montanhas japonesas.

Clãs das montanhas desenvolveram a arte e a passaram secretamente de uma geração a outra. Como os ninjas eram plebeus, não tinham que seguir o rígido código de comportamento dos samurais e, de modos sutis, conseguiam realizar coisas que um samurai não conseguia. O ninjútsu também é uma arte marcial praticada por homens e mulheres.

Um ninja tem diversas habilidades. Cada *ryu* (tradição ou escola) tem seu próprio conjunto de técnicas, ensinadas pelo *sensei* (professor ou mestre) no *dojo* (o local onde as artes marciais são praticadas). Um aluno pode se especializar em combate corpo a corpo, luta com espadas ou com o uso de outras armas. Ele pode aprender a se mover sem ser notado, a escalar paredes e subir em árvores ou a enganar um inimigo usando táticas especiais. Alguns ninjas usavam sua arte simplesmente para se defender e proteger seu vilarejo, outros para espionar e atacar, e alguns se tornaram assassinos de aluguel.

A maior parte das aventuras descritas neste livro foi retirada de lendas do folclore e de crenças japonesas. Diz a lenda que os ninjas aprenderam sua arte com seres da montanha chamados *tengu*, que também lhes ensinaram feitiçaria, ou *kuji*. Posições místicas dos dedos, transes e hipnose os ajudam a canalizar energia. A maioria dos ninjas usa essas técnicas como parte de uma maneira espiritual de viver, mas alguns as utilizam de maneira imprópria, para manipular as pessoas.

{ PRESTE ATENÇÃO E TOME CUIDADO! }

Este livro é diferente dos outros.

Você e SÓ VOCÊ é responsável pelo que acontece na história.

Há perigos, escolhas, aventuras e consequências. VOCÊ deve usar os seus vários talentos e grande parte da sua enorme inteligência. A decisão errada pode acabar em tragédia — até em morte. Mas não se desespere! A qualquer momento, VOCÊ pode voltar atrás e tomar outra decisão, mudar o rumo da história e ter outro resultado.

Em uma visita ao *dojo* de sua amiga Nada, no Japão, forças estranhas parecem estar presentes. Ventos uivam em dias calmos e límpidos, raios aparecem do nada, barulhos assustadores são ouvidos à noite. Será que isso pode ter relação com a misteriosa espada samurai enviada por um doador anônimo, ou é apenas coincidência? Nada acredita que a espada é amaldiçoada, mas quem já ouviu falar de uma espada possuída por um demônio? Você concorda em se submeter a um transe para ajudar a descobrir, mas os resultados são arrasadores. Será que você e Nada deveriam voltar no tempo, para o Japão feudal, a fim de encontrar o dono da espada e resolver o mistério? Você consegue aprender as técnicas ninjas necessárias para isso? Se partir, você conseguirá voltar? Ou cairá nas garras do temido Sanchiro Miyamotori?

Boa sorte!

1

Trovões ressoam e raios dividem o céu com tamanha violência que parece que o mundo vai se partir ao meio. Você corre para se proteger. A chuva cai pesada, atingindo-o com força. Parece que a tempestade quer destruir tudo que encontrar pela frente.

Quando você entra pelas portas de correr do *dojo*, permanece ali com sua amiga Nada, ambos ensopados, observando a tempestade despejar sua ira. Mais uma série de trovões assustadores chacoalha a construção.

Vá para a página 2.

2

Nada lança um olhar de esguelha para você, como se quisesse dizer: "Está vendo a que eu me referia?" Vocês dois se sentam de pernas cruzadas no chão, incapazes de desviar os olhos da tempestade lá fora.

— É a terceira esta semana — diz ela. — E estamos na temporada de seca.

Os trovões e raios finalmente dão lugar ao aguaceiro. Nada se levanta e diz:

— Vamos pegar roupas secas para você.

Você a segue até uma sala nos fundos, onde ela lhe entrega uma toalha e um quimono.

Enquanto você se seca e troca de roupa, repassa em sua mente a história de sua amizade com ela. Você estudou caratê na Califórnia antes de passar um verão no Japão. Lá conheceu Nada e descobriu que vocês tinham muitas ideias em comum a respeito das artes marciais. Ela lhe apresentou uma nova disciplina, chamada *aikido*. Um ano atrás, você se mudou para a cidade de Kyoto para praticar o *aikido* de modo mais intenso. Você e Nada se tornaram melhores amigos. Você ficou triste quando, três meses atrás, Nada voltou para o *dojo* da família em Nara, mas vocês mantiveram contato.

Agora, enquanto amarra seu quimono e se prepara para tomar chá com sua amiga, você tenta imaginar por que ela o chamou, hoje de manhã, para ir a Nara com tanta urgência.

Vá para a página 5.

3

O *sensei* alterna o olhar entre você e Nada. Então, apoia as mãos na mesa e diz:

— Nada, já estou velho. É você quem deve enfrentar esse perigo. Você vem de uma extensa linhagem de guerreiros, ainda que, por muitos séculos, eles tenham praticado sua arte para a paz, não para a guerra.

Nada faz uma reverência ao *sensei*.

— Então — diz ele, se afastando da mesa —, que procedimento você sugere?

Silêncio. A chuva parou. Você fala:

— Talvez devêssemos dar uma olhada na espada e tentar descobrir quem a enviou.

O *sensei* concorda.

— Bom plano.

— Temos outra opção — diz Nada. Ela hesita antes de continuar: — Eu disse que a presença parecia muito antiga. Podemos voltar no tempo para descobrir sua origem.

O *sensei* olha para Nada com severidade. Ela ergue a mão para evitar que ele fale e diz para você:

— Eu explico depois. Digamos apenas que é uma possibilidade.

Se você acha que deve tentar encontrar quem enviou a espada, vá para a página 69.

Se acredita que voltar no tempo é uma boa ideia, vá para a página 16.

4

— Não... Espere um pouco, teve sim uma chegada, mas não de um aluno. De uma espada. Um doador anônimo a enviou, dizendo que seria adequado que ficássemos com ela. Não sabíamos o que pensar.
— Tinha alguma coisa de incomum nela? — você pergunta.
— Para falar a verdade, não prestei muita atenção. Como sabe, não sou muito fã de armas, mas tenho de admitir que era linda. Tinha algumas marcas estranhas no punho.
— Você já falou com o *sensei*?
— Um pouco. Ele se recusa a acreditar que estamos sob ameaça. Mas, agora que você está aqui, vou pedir que se junte a nós.

Uá para a página 7.

5

— Coisas estranhas têm acontecido aqui — diz Nada, despejando água quente sobre as folhas amassadas nas xícaras de chá. — As tempestades são apenas um sinal de que algo está errado. Houve outros sinais.

Ela mexe com rapidez e as folhas tornam a água verde, então lhe entrega uma das xícaras. Você a segura com as duas mãos, sentindo o calor se irradiar.

— Mas, mesmo sem os sinais — diz ela —, consigo sentir uma nova presença aqui, que ao mesmo tempo é antiga.

Você saboreia o chá amargo e olha para Nada por cima da mesinha baixa.

— Talvez você devesse começar do início.

Ela se ajeita no tatame.

— Há cerca de um mês, comecei a notar que alguns objetos desapareciam e reapareciam em lugares estranhos. Depois, passei a ouvir barulhos esquisitos, gritos, risadas. Agora, esta semana, os trovões. Sozinhas, essas coisas não provam nada. Mas o *sakki* me diz que há uma força muito poderosa aqui que quer nos destruir.

— *Sakki*?

— É uma espécie de sexto sentido sobre o qual aprendi em meu treinamento, há muitos anos. Posso sentir a presença de intenções malignas.

— Mais alguma coisa aconteceu na época em que esses sinais apareceram? Novas pessoas ou mudanças no *dojo*?

Vá para a página 4.

6

Um milésimo de segundo depois que você agarra o braço de sua amiga e parte para a mata, uma parede de chamas irrompe na estrada e uma rede cai no lugar onde vocês estavam. De repente, aparecem cinco ninjas, armados com todos os tipos de espadas, bastões e lâminas.

Nada pega um arco do *furoshiki* e derruba dois deles com flechas antes que os outros consigam detectar sua posição em meio aos arbustos. Eles se separam — dois vão para a direita e um para a esquerda.

Nada inclina a cabeça para a direita, indicando que vai cuidar daqueles dois. Você assente e ela desaparece.

Você encontra uma depressão no terreno da floresta e se deita dentro dela. Cobre seu corpo com folhas e galhos e espera pelo outro ninja.

O pé dele aparece perto do seu rosto quando você menos espera. Você o agarra e o puxa, e o ninja cai no chão. Você se levanta e se esforça para dominá-lo, mas ele fica de pé e empunha a espada. Chocado, você percebe se tratar da espada do *dojo* de Nada!

Você se defende com movimentos de *aikido*, pegando com a mão esquerda o braço do ninja com o qual ele segura a espada. Você o abaixa até sua mão direita, passa pela perna esquerda e então por sobre o ombro direito. A espada voa pela sua direita. Seu atacante cai no chão.

Por um momento, você hesita entre pegar a espada ou impedir que o ninja se levante de novo.

Se decidir pegar a espada, vá para a página 17.

Se decidir atacar o ninja, vá para a página 108.

7

O *sensei* é um homem baixo e magro com alguns fios de cabelo branco na cabeça e no queixo. Ele faz uma reverência quando Nada apresenta você, então se senta à mesa de chá com as costas eretas, esperando que ela fale.

— Certamente o senhor tem conhecimento do que tem ocorrido em nosso *dojo* ultimamente — ela começa.

— Sim — responde ele, com um tom de voz calmo. — Mas já discutimos isso. Na minha opinião, vai passar se mantivermos a calma.

— O senhor não ouviu os trovões hoje? — Nada insiste de modo impaciente.

— É verdade que, no passado, uma tempestade assim era vista como sinal de guerra. Mas... — Ele dá de ombros.

Nada se levanta.

— *Sensei*, precisamos fazer alguma coisa! Uma presença aqui quer nos destruir!

O *sensei* olha para você.

— A mãe de Nada certamente previu o futuro quando escolheu o nome da filha. Você sabe o que "Nada" significa?

— Não é a parte aberta e revolta do mar, onde a navegação é difícil? — você pergunta.

— Exatamente — responde o *sensei*, sorrindo. — Mas algum dia, talvez quando se tornar uma *sensei*, ela aprenderá a ter paciência.

Vá para a página 12.

8

Sanchiro abaixa a espada.

Ela acerta o seu pescoço e a ponta se quebra. Ele olha para a lâmina quebrada sem poder acreditar, então olha para você e lentamente se dá conta do que aconteceu.

De repente, faz cara de pavor. Larga a espada e foge para dentro da mata.

Você se vira para Nada e diz:

— Acho que mostramos quem manda.

Ela assente.

— A espada perdeu o poder. Vamos voltar para o *dojo*.

FIM

De repente, você abre os olhos e se vê ao lado de Nada em um campo de arroz. Colinas íngremes repletas de árvores podem ser vistas dos dois lados.

— Vamos — diz Nada.

— Como saberemos aonde ir?

— Não saberemos — ela responde, caminhando para uma barragem.

— Como assim? — você pergunta.

— Como poderíamos saber? Devemos nos deixar vagar e, cedo ou tarde, encontraremos o que precisamos.

— Mas você não tem um plano?

— Tenho — diz ela. — Meu plano é vagar sem rumo até encontrar algo ou alguém que pareça saber de alguma coisa.

— Que belo plano — você resmunga, seguindo Nada até a beira de uma estrada que passa pelo entorno do vale.

Até aquele momento, Nada parecia saber exatamente o que fazer. Você começa a se questionar onde se meteu.

Quando o campo de arroz termina, o vale se estreita. O silêncio é total, exceto pela água que corre em um riacho. Vocês estão se aproximando de uma curva na estrada quando gansos selvagens de um lago começam a voar assustados. Você tenta imaginar o que pode tê-los espantado. De repente, sente vontade de sair da estrada.

Se decidir agarrar Nada e correr para a mata, vá para a página 6.

Se acreditar que está assustado à toa, vá para a página 79.

10

— Meu treinamento incluía *kuji* — Nada continua. — É um tipo de feitiçaria que invoca certas forças do universo. Quando você se conecta com essas forças, os elementos que compõem o presente, como a matéria e o tempo, começam a parecer muito frágeis e inconstantes. É como aprender a abrir uma porta que você nem sabia que existia.

— Você teria que entender o princípio do *gen* — diz o *sensei*.

— *Gen* quer dizer ilusão — Nada explica. — Pense no mundo físico, incluindo nosso corpo, como um conglomerado que pode ser dissolvido. Existem maneiras de passar pelas fissuras, se conseguir encontrar a vibração certa da matéria e do tempo. Sei que essa descrição é muito genérica, mas eu levaria anos, literalmente, para explicar tudo se entrasse em detalhes.

— Só há um problema no seu plano, Nada — diz o *sensei*. — É perigoso demais. Você não pratica *kuji* há anos, e sabe como é arriscado voltar ao passado.

— Mas é a nossa única esperança — protesta ela. — Com a sua ajuda, acho que podemos conseguir.

— Poderíamos pelo menos tentar descobrir mais sobre esse *kami*, se é que esse é mesmo o caso, antes de correr esse risco — diz o *sensei*.

— Como? — pergunta você.

Vá para a próxima página.

— *Tatarigami* — responde ele. — Transe.

— Mas você e eu nunca poderíamos ser o veículo — Nada diz ao *sensei*.

— É verdade — ele concorda, então olha para você.

— É como ser hipnotizado — Nada lhe explica. — O *kami* é convidado a falar através de você e a anunciar seus desejos. Mas é tão perigoso quanto voltar ao passado, se não mais. O *kami* pode possuir você.

— Mas nós faríamos com que Tatsumo, o sacerdote *Shugendo*, conduzisse o transe — argumentou o *sensei*.

— Ainda assim, se for um *kami* especialmente forte... — Nada se interrompe.

Se você concordar em ser colocado em transe, vá para a página 52.

Se preferir não entrar em transe e quiser voltar diretamente ao passado, vá para a página 40.

Você se distrai com diversas luzes esverdeadas, do tamanho de punhos, brilhando acima dos ciprestes lá fora.

— O que é aquilo? — você pergunta.

Quando Nada e o *sensei* se viram para olhar, um raio surge de repente e acerta a árvore mais alta, dividindo-a em duas. Você se retrai com o trovão que vem em seguida. Então, faz-se silêncio.

O *sensei* parece assustado. Nada está furiosa.

— Agora se convenceu? — pergunta ela. — Do que mais precisamos? Aquela era a nossa árvore sagrada. Temos que nos defender!

O *sensei* abaixa a cabeça.

— Nada, você está certa. Não pensei que tais coisas fossem possíveis, trovões e raios nos atacando! Seria como voltar ao tempo de nossos ancestrais.

Vá para a página seguinte.

— Talvez — diz Nada — o tempo de nossos ancestrais tenha vindo até nós.

— O que quer dizer com isso, Nada? — pergunta o *sensei*.

— Como estava dizendo ao meu amigo, eu sinto uma presença antiga aqui. O *sakki* me diz que é hostil. Não sei de que outro modo explicar. Pode ser um *kami*.

— O que é um *kami*? — você pergunta.

— É parecido com um espírito — diz Nada. — O espírito nunca morre, apenas circula. Todas as pessoas e coisas têm um espírito, que pode penetrar o mundo que nos cerca. Se um *kami* estiver nos perturbando, é nossa tarefa descobrir o que ele quer.

Vá para a página 3.

— Vamos para a esquerda — você diz.

Nada concorda e vocês seguem por um caminho que sobe lentamente em direção às montanhas. À tarde, chegam a um vilarejo de casas de sapê cercadas por densa vegetação. O silêncio paira por ali.

— Os moradores provavelmente estão trabalhando nos campos — Nada sussurra.

Por fim, vocês encontram um senhor que os direciona a uma trilha para a casa das irmãs Mikiaka, que são *mikos*. Enquanto sobem, você pergunta a Nada o que *miko* significa.

— Algumas *mikos* são sacerdotisas que cuidam de santuários — responde ela. — Outras são feiticeiras. Algumas são até ninjas.

A trilha termina em uma velha casinha na encosta da montanha. Vocês batem duas vezes à porta, que é aberta por uma mulher encurvada de cabelos cinza.

Vá para a página seguinte.

— O que vocês querem? — pergunta ela.

— Desculpe, honorável *miko*. Esperamos que a senhora possa responder a uma pergunta — diz Nada.

— Não fique aí na porta, irmã, permita que eles entrem — alguém diz lá de dentro.

Resmungando, a mulher dá um passo para o lado e permite que vocês entrem. Uma mulher alta, de costas eretas e cabelos muito brancos, recebe vocês.

— Sentem-se, caros visitantes, e tomem uma xícara de chá. Meu nome é Yukio, e esta é minha irmã, Gin.

— É uma honra para nós — diz Nada, fazendo reverência e apresentando vocês dois.

Você mostra às mulheres as marcas na espada.

— Temos conhecimento de que vocês são *mikos* — diz você. — Sabem nos dizer de onde vem isso?

Vá para a página 27.

16

— Como podemos voltar para o passado? — você pergunta.

— Bem — diz Nada —, primeiro preciso lhe contar uma coisa. Lembra que, quando nos conhecemos, uma das coisas que nos uniram foi o nosso interesse em abandonar artes marciais mais agressivas em favor do *aikido*? Falamos sobre como o *aikido* nos traz equilíbrio, nos possibilitando não apenas um meio de defesa pessoal, mas também um modo de vida. No seu caso, foi o caratê que você deixou para trás.

— Você também — diz você.

— Isso não é totalmente verdade. Sabe, faz muitos séculos que minha família é um clã de ninjas. Fui treinada em ninjútsu.

Demora um pouco para você assimilar essa informação. Então pergunta:

— Por que você parou?

— Nunca se para realmente — responde Nada. — Eu só queria me concentrar no *aikido*. Mas deixei de lado minhas ferramentas do ninjútsu. Fiquei com medo do que estava acontecendo, de que eu estivesse em um caminho violento. É o velho problema: se você investe tempo depois em aprender as técnicas da morte, tende a querer usá-las. Talvez um dia, quando for mais sábia, eu retome meu treinamento.

Você assente, absorvendo a informação. Você já tinha ouvido histórias incríveis a respeito dos ninjas, contadas por sua mãe. Além do *bujutsu*, eles eram habilidosos em furtividade, invisibilidade e até magia. Você sempre teve curiosidade de aprender mais sobre o ninjútsu, e agora sua melhor amiga é uma ninja!

Vá para a página 10.

17

Você pega a espada e encara o ninja. Ele está no chão, olhando para você. Você tem a impressão de que os olhos dele são duas cavidades sem vida. Tenta desviar o olhar, mas não consegue. Nada ataca os outros dois agressores, mas você fica paralisado.

O ninja grita uma senha, fazendo com que os outros dois se desviem de Nada e se reúnam com os companheiros machucados na estrada. De maneira impotente, você observa quando ele pega a espada de sua mão e foge com seus comparsas.

Nada percebe sua situação assim que volta para ver como você está. Ela retorce os dedos em uma série de sinais de *kuji*. Lentamente, seu sistema nervoso se recupera.

— Não deixe que eles fujam! — você diz, resfolegante. — Eles estão com a espada, a mesma que foi enviada ao *dojo*!

Nada sai correndo atrás deles, mas logo volta.

— Eles desapareceram.

Você e ela encontram um lugar na mata para acampar e se recuperar da luta. Durante o jantar, composto de arroz e legumes, vocês falam sobre o que aconteceu.

— Provavelmente nós esbarramos em um ataque direcionado a outra pessoa — você diz.

— É — Nada concorda —, caso contrário eles não teriam partido sem finalizar o trabalho.

— Pelo menos sabemos quem está com a espada — você diz. — Acredito que amanhã só nos resta tentar descobrir de onde eles vieram.

Vá para a próxima página.

18

De manhã, vocês partem pela estrada. Como a maioria das estradas no Japão feudal, a que corre pelo vale é estreita, feita principalmente para ser percorrida a cavalo ou a pé.

Depois de alguns quilômetros, vocês chegam a um vale maior e atravessam um rio largo e raso. Do outro lado, a estrada termina em um cruzamento. À sua esquerda, há montanhas a distância. À direita, o vale se torna mais amplo.

Você e Nada permanecem parados na encruzilhada.

— Não sei que direção é melhor — diz ela. — Você escolhe.

Se decidir virar à esquerda, em direção às montanhas, vá para a página 14.

Se decidir virar à direita, para o vale, vá para a página 29.

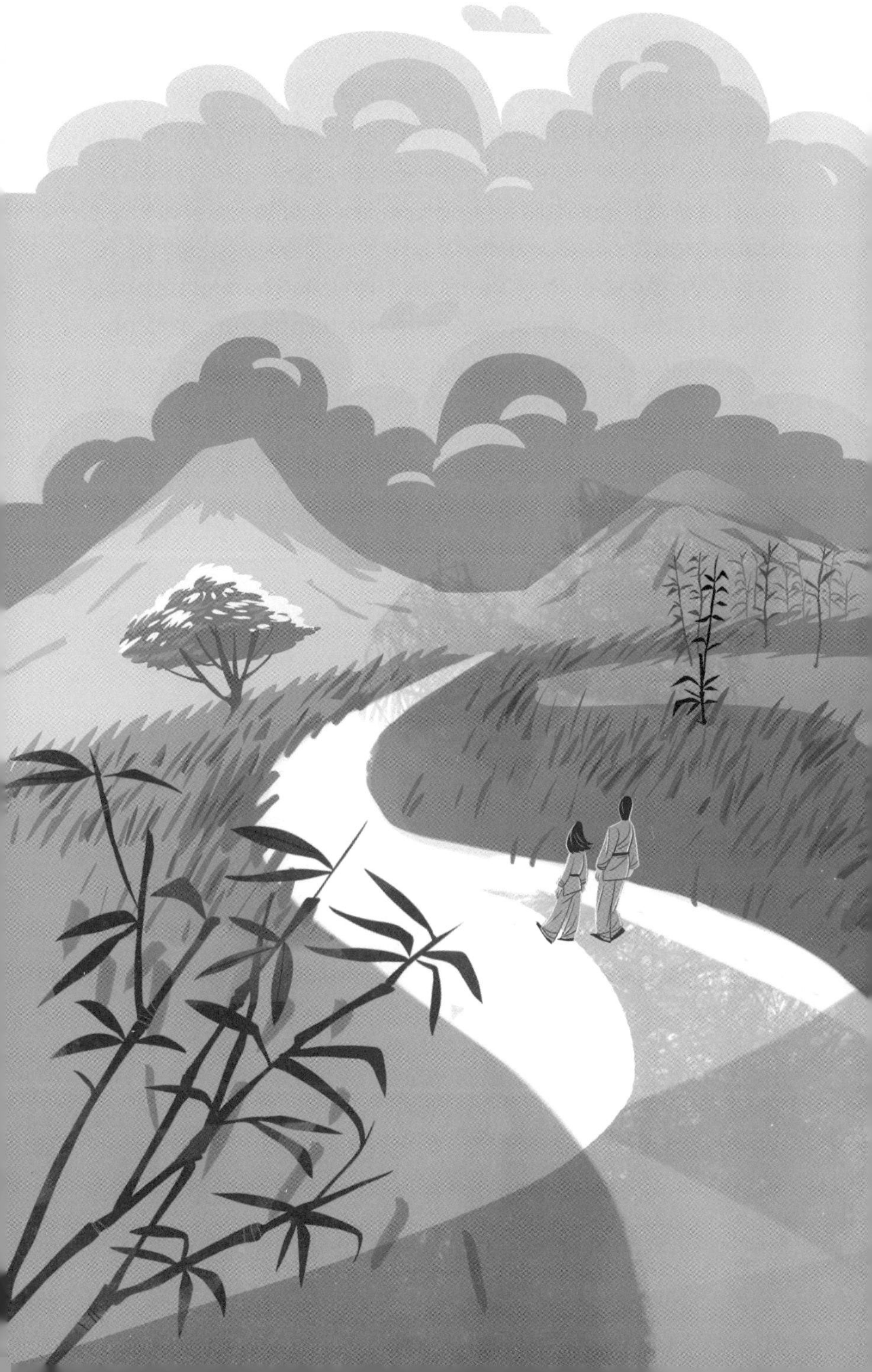

20

— Talvez os *tengu* possam nos ajudar — você diz.

— Ah, eles podem — garante Gin. — A dúvida é se vão fazer isso. Pode ser que queiram simplesmente devorar vocês.

Gin leva vocês para fora e aponta para uma montanha do outro lado.

— Eu sei que os *tengu* vivem ali. Um deles, chamado Xenglu, é especialmente inteligente. Vou lhes mostrar um caminho secreto que os levará a uma ponte que atravessa a ravina entre as montanhas. Cuidado com as *tengu-bi*, as luzes dos *tengu* brilhando no topo da montanha.

Você agradece a Gin e a Yukio e desce pelo caminho secreto com Nada. Chega à ponte, feita de tábuas e cordas e sem firmeza alguma, que cruza a ravina profunda.

— É melhor ir um de cada vez — você diz.

Você atravessa primeiro. Precisa se segurar nas cordas com as duas mãos para manter o equilíbrio. Quando chega ao outro lado, Nada começa a travessia.

Uma sombra alada sobrevoa o local. Você olha para cima e vê o que parece ser um enorme pássaro voando em círculos. Quando ele mergulha em direção a Nada, você fica chocado ao ver sua face enrugada e vermelha, o nariz comprido e o corpo de gente. É um *tengu*!

O *tengu* finca as garras nas costas de sua amiga e começa a levá-la dali. Ela se segura desesperadamente nas cordas da ponte, vociferando palavrões para a criatura.

Você deve tentar abrir as garras do *tengu*? Ou deve tentar derrubá-lo com um *shuriken* — uma lâmina de metal feita para arremessar?

Se quiser tentar libertar Nada, vá para a próxima página.

Se decidir pegar o *shuriken*, vá para a página 103.

21

Você corre pela ponte e começa a tentar soltar as garras do *tengu* das costas de Nada. A criatura só ri e derruba você com um golpe de asa, então sai voando com Nada. Você tem de se segurar nas cordas da ponte para não cair.

Você consegue voltar para a ponte e alcançar a segurança do solo. Só pensa em encontrar Nada e salvá-la do *tengu*. A escuridão já está chegando.

Você continua pelo caminho. A luz lentamente desaparece do mundo ao seu redor, e em pouco tempo você está tateando para passar pelas formas escuras do caminho.

Um estrondo é ouvido do topo da montanha. De relance, você vê uma estranha luz azulada entre os galhos das árvores altas na cordilheira à sua direita. *Tengu-bi*, você pensa.

Você apressa o passo, mas de repente sua atenção se volta para um som na mata. Parece incrível, mas o que você ouve é um *koto* — um instrumento com cordas de seda, parecido com a cítara.

Você nunca ouviu uma música tão misteriosamente bela. Parece escoar das estrelas e das árvores. Você tenta imaginar se quem está tocando pode ajudar você com o *tengu*.

Se você for em direção à música do *koto*, na esperança de que ela leve você ao *tengu*, vá para a página 24.

Se continuar em frente, atrás das *tengu-bi*, vá para a página 110.

22

Você segue Nada pela passagem secreta e se vê em um corredor comprido e estreito. Em silêncio, tateia o caminho na escuridão, ouvindo com atenção os sons ao seu redor.

Vocês chegam a uma interseção, onde percebem que existem quatro passagens seguindo em direções opostas. Um som baixo à sua direita o atrai para essa direção. Vocês seguem pelo caminho até que, de repente, ele termina. Vocês tateiam as paredes.

— Encontrei alguma coisa — Nada sussurra depois de um minuto. — Consigo alcançar. Acho que é uma escada de corda. — Ela estica o braço, segura a escada e começa a subir.

— Espere! — você diz. — Você não acha que tem algo de estranho nisso?

— Como assim? — pergunta ela.

Vá para a página seguinte.

— Sempre há pistas suficientes para nos manter na trilha. É como se alguém ou alguma coisa quisesse que a gente siga em frente. Estamos sendo atraídos. Acho que talvez estejam nos rastreando, e não o contrário.

— Pode ser que você tenha razão — diz Nada. — Mas já estamos muito perto, não quero parar agora.

— Aposto que tem alguém nos esperando lá em cima — você argumenta. — Vai esperar que cheguemos aonde ele quer, e não conseguiremos escapar.

— É verdade — diz Nada —, mas temos a vantagem de saber que é uma armadilha. Podemos criar uma estratégia.

Se você concordar em ir em frente e subir a escada, vá para a página 94.

Se decidir dizer a Nada que quer tentar um caminho diferente, vá para a página 98.

24

Afastando galhos e arbustos, você atravessa a mata em direção à música. Quando se aproxima, percebe uma luz refletida na copa das árvores.

Você chega à beira de uma clareira, onde presencia uma cena surpreendente: um grupo de *yamabushi* de olhos brilhantes está dançando em círculo em volta de uma fogueira, bebendo saquê e comendo peixe e arroz.

Um dos *yamabushi* o vê e faz um gesto para que se aproxime. Você começa a dizer:

— Só quero fazer uma pergunta...

— Haverá tempo para perguntas depois — ele interrompe, puxando você para dentro do círculo. — Agora é hora de dançar. Venha dançar para nós.

A música para e uma canção mais lenta começa.

— Dance! — grita o *yamabushi*.

Se decidir dançar, vá para a página 92.

Se preferir sair dali depressa, vá para a página 113.

25

— Fico feliz que tenha se divertido com meus amigos ontem à noite — diz o *tengu*, com os olhos brilhando. — Adoramos a sua dança!

— Estávamos lá na forma de *yamabushi* — explica Nada.

— Foi uma performance excelente. Felizmente para mim, porque, se você não tivesse dançado, eu teria ficado presa aqui, como escrava de Xenglu, pelo resto da vida.

— Uma pena, também — diz Xenglu. — Estávamos nos dando tão bem. Nada me contou sobre o ninja com quem você brigou, um homem que, lamento dizer, aprendeu o que sabe comigo.

— O nome do ninja é Sanchiro Miyamotori — diz Nada.

— Minha família e os Miyamotori foram inimigos por muito tempo. De acordo com Xenglu, o *kami* de Sanchiro tem perturbado o nosso *dojo*. Ele lançou uma maldição sobre a minha família.

— Eu dei a espada a ele — Xenglu explica. — Quando removermos o poder dela, a maldição será desfeita. Eis o que vocês devem fazer. Você e Nada vão se encontrar com Sanchiro em uma estrada de terra. Vocês devem estar vestidos como agricultores. Sanchiro exigirá que saiam do caminho. Não se mexam, deixem que ele ataque.

— Precisamos ir — diz Nada. Ela se vira para Xenglu. — Fico feliz por termos nos encontrado, mas também estou feliz por estar indo embora. Adeus.

Vá para a página 28.

26

— É melhor fugirmos enquanto podemos — você diz a Nada.

— Acho que sou voto vencido — ela responde resignada.

Vocês descem pelo caminho, liderados pelo samurai, que afirma se chamar Sashami. Ele os conduz pelo vilarejo abandonado. Por fim, vocês chegam a uma estrada mais larga, que parece ser a principal.

— Ficaremos seguros aqui — diz Sashami. — Os Yakuzi ficam longe de estradas como esta.

Enquanto vocês seguem pela estrada com Sashami, ouvem um grito vindo de trás:

— Abaixem-se! Abaixem-se!

Uma caravana está se aproximando. Sashami e Nada imediatamente se prostram à beira da estrada. Você faz o mesmo.

Você observa enquanto um samurai a cavalo passa com seus empregados. No meio da caravana há um palanquim carregado por dois homens, com um daimiô, ou senhor.

A caravana para e dois samurais se aproximam.

— O daimiô quer ver vocês — dizem eles.

Vá para a página 56.

— As marcas são um tipo de ideograma. Independentemente de onde tenha vindo, a espada é do mal — diz Gin.

— Achamos que pertence a um clã ou a um *ryu* ninja — Nada explica.

— Parece o brasão dos Miyamotori — diz Yukio. — Mas receio que não podemos ajudar mais do que isso. Direi o que vocês devem fazer. Um velho e sábio *yamabushi* chamado Gyoja vive no topo da montanha. Tenho certeza de que ele poderia...

— Não, não — interrompe Gin. — Se querem saber sobre um ninja, devem procurar os *tengu* na montanha do outro lado da ravina. Os ninjas aprenderam sua arte com eles.

— Que ideia terrível — rebate Yukio. — Vocês devem evitar os *tengu*. Eles gostam de pregar peças, que não são nada engraçadas.

— O que é um *tengu*? — você sussurra para Nada. — E o que é um *yamabushi*?

— *Yamabushi* é um sacerdote da montanha — ela explica rapidamente. — E *tengu* é uma criatura que parece um homem velho, com um bico comprido e asas, e que conhece magia.

— Os *tengu* são muito geniosos! — Yukio interrompe. — Eles incendeiam casas, devoram bebês e enganam monges budistas. Eu recorreria a Gyoja.

— Os *tengu* podem ser perversos — admite Gin —, mas sabem mais sobre os ninjas do que qualquer monge, e sabemos que já ajudaram muitas pessoas.

Se você decidir procurar os *tengu*, vá para a página 20.

Se preferir tentar encontrar Gyoja, vá para a página 43.

— Adeus — diz Xenglu com tristeza. Ele bate as asas e outro turbilhão começa ao seu redor, tirando você e Nada da montanha e então da cordilheira.

— É um *tengu-kaze* — ela explica. — Um vento *tengu*.

O *tengu-kaze* coloca vocês, agora vestidos com roupas de agricultores, na estrada do vale amplo.

— Cuidado, agricultores idiotas! — uma voz rosna atrás de vocês.

Vocês se viram lentamente e encontram Sanchiro Miyamotori, vestido com uma armadura ninja.

— Eu mandei saírem do caminho! — grita ele.

Vocês não se mexem. Ele pega a espada.

De repente, você fica com medo de que esta possa ser a última peça de Xenglu — enganar vocês para que caiam nas garras de Sanchiro.

Se decidir pegar Nada e sair correndo do caminho, vá para a página 68.

Se decidir permanecer parado, vá para a página 8.

— Vamos à direita, para dentro do vale — você diz.

Ninguém nos vilarejos ribeirinhos do caminho parece saber qualquer coisa sobre os ninjas. Então vocês chegam a uma aldeola sombria e triste. As pessoas se assustam quando vocês perguntam sobre a espada.

— Conversem com Hitoshi — dizem elas.

À tarde, vocês encontram Hitoshi, um homem jovem e magro com olhos inquietos. Você descreve os ninjas que atacaram vocês e pergunta a Hitoshi se ele os viu.

— Vocês os encontraram — Hitoshi responde. Ele faz um gesto na direção do vale que se estende acima do vilarejo. — Eles moram em um castelo lá em cima. Mas não há como chegar lá sozinhos. Posso levá-los... se pagarem.

Você está prestes a protestar que não tem como pagar quando Nada diz:

— Vamos pagar, mas só depois de vermos o castelo com nossos próprios olhos.

Vá para a próxima página.

Hitoshi pensa e então concorda.

— Precisamos esperar escurecer — diz ele, levando você e Nada para um lugar escondido perto dos cedros. — Fiquem aqui até eu voltar.

Quando ele vai embora, você se vira para Nada e diz:

— Eu não confio nele. Você confia?

— Não muito — ela concorda. — Mas não sei o que mais podemos fazer.

— Ele apontou para onde fica o castelo — você comenta. — Talvez a gente consiga encontrá-lo sozinhos.

— Duvido — diz Nada. — Tenho certeza de que há muitos caminhos ardilosos e armadilhas. Não é fácil encontrar os ninjas.

Se você preferir tentar encontrar o castelo mesmo assim, vá para a página 45.

Se decidir que é melhor esperar por Hitoshi, vá para a página 47.

31

Você segue lentamente até o poço, observando qualquer sinal estranho. Parece seguro, então, agarrando firme a beirada de pedra, você se inclina e olha lá dentro.

Você é surpreendido pelo que vê — nada de rostos mórbidos, apenas uma jovem sentada a uma penteadeira, penteando os longos cabelos pretos. Há algo de hipnotizante naqueles movimentos. Ela olha para você e sorri. Você fica chocado. Sem conseguir desviar os olhos dela, é atraído para dentro do poço, cai da beirada e mergulha na água fria.

Você volta à superfície tentando recuperar o fôlego e se manter à tona. Felizmente, suas ferramentas de escalada ninja estão presas à sua cintura. Há uma escada de corda e bambu. Você a monta depressa e começa a subir.

Você está no meio do caminho quando ouve uma voz vinda da água.

— Espere, não vá ainda. Por favor, me salve deste poço.

Você olha para baixo. Dentro da água, vê um espelho antigo. Mas já está cansado por causa da escalada e imagina que pode ser mais um truque do fantasma do poço.

Se você decidir voltar para pegar o espelho, vá para a página 41.

Se decidir continuar subindo, vá para a página 46.

Você pega Nada e a carrega em direção ao vilarejo. Uma senhora que passa por ali pergunta:

— O que aconteceu com a sua amiga?

Você hesita por um momento, tentando decidir se deve confiar nela.

— Ela está machucada — diz finalmente. — Um ferimento causado por uma espada. A senhora conhece alguém que possa ajudá-la?

— Eu posso — responde a mulher. — Venha comigo.

Você a segue até um casebre escondido da estrada. Ela diz que se chama Nikkya e é viúva. No casebre, ela arruma um lugar para Nada, então afasta você, dizendo:

— Deixe-me dar uma olhada no ferimento.

Depois do exame, ela avisa:

Vá para a página seguinte.

33

— O corte foi profundo, mas acho que posso tratá-lo. Ela terá que ficar aqui por vários dias. Vou buscar o necessário.

Enquanto Nikkya está fora, Nada sussurra para você, ainda com dor:

— Só temos uma esperança. Posso dar a você um pouco dos meus poderes. Você precisa ir até o castelo para tentar descobrir a quem a espada pertence e o que está causando o ataque ao *dojo*. Mas tem de ir agora mesmo, pois só terá meus poderes por pouco tempo.

Você assente. Usando o resto de suas forças, Nada fixa os olhos nos seus e o hipnotiza. Depois, ela interrompe o transe e diz, antes de desmaiar:

— Vá depressa. Não se preocupe comigo. Nikkya vai me ajudar.

Vá para a página 39.

34

Você reúne suas últimas forças e afasta as mãos, acabando com o transe. O *gohei* cai e tudo escurece.

Ao abrir os olhos, você se surpreende ao se ver jogado em um canto da sala. Nada e o *sensei* se esforçam para prender seus braços e pernas contra o chão, e Tatsumo bate em suas costas. Quando percebem que você saiu do transe, eles o soltam. Você está ensopado de suor.

— Não se levante — diz Tatsumo, empurrando você de volta ao chão. — Fique parado. — Ele começa a massagear suas pernas. O *sensei* esfrega seus braços.

— Como conseguiu sair do transe? — pergunta Nada.

— Não sei — diz você. — Simplesmente percebi que precisava fazer isso antes que fosse tarde demais.

— Que bom — responde ela.

— Sim — Tatsumo acrescenta. — Você estava possuído por um *kami* muito poderoso. Teve sorte de escapar.

Vá para a página seguinte.

— O que nós descobrimos? — você pergunta.

— O suficiente para me convencer de que devemos voltar ao passado para encontrar a origem do *kami* — diz Nada. — Aparentemente, você foi possuído pelo *kami* de um guerreiro que viveu há muito tempo. Até onde sabemos, ele era inimigo de um ancestral meu e está tentando completar uma maldição contra a minha família.

— Então, precisamos voltar ao passado para descobrir qual é a maldição e tentar pacificá-la — você diz.

— Exatamente — o *sensei* concorda. — Mas primeiro você terá que treinar durante alguns dias. Além de aprender os modos e os costumes do passado, você precisa adquirir algumas técnicas básicas de ninjútsu de que pode precisar para confrontar esse guerreiro.

Vá para a página 62.

36

Logo, você ouve Sanchiro assumir sua posição na plataforma na ponta da câmara.

— O espião chegou? — pergunta ele. — Excelente. Mande-o entrar. — Um minuto depois, Sanchiro diz: — Então, que notícias você traz de Kurayama?

Você ouve com atenção.

— Notícias muito importantes — conta o espião. — Dana Kurayama está vindo brigar com você. Ele diz que não pode mais permitir que você aterrorize a área rural.

Sanchiro ri.

— Que bom para ele! Fico feliz que meu velho inimigo venha me enfrentar. Com minha espada, não tenho motivos para temê-lo.

— Ele não está longe daqui — o espião continua. — Vai chegar amanhã cedo.

Vá para a página seguinte.

— Muito bom — diz Sanchiro. — Mas não vou ficar esperando. De manhã, vou ao encontro dele. E, quando nos encontrarmos, vamos lutar.

Você continua ouvindo, mas nada mais é dito a respeito da espada ou de Dana Kurayama. Sanchiro dispensa o espião e os outros oficiais.

Apenas você e os guardas hipnotizados permanecem ali, escondidos na sala lateral. Você tenta decidir o que fazer. O confronto de amanhã entre Sanchiro e Dana, ancestral de Nada, pode ser a chave do mistério. Mas você pensa se deve esperar tanto tempo. Talvez deva confrontar Sanchiro agora, enquanto ele está sozinho.

Se você quiser abrir as portas de correr e confrontar Sanchiro, vá para a página 67.

Se decidir segui-lo amanhã, quando ele for encontrar Dana Kurayama, vá para a página 42.

38

Você não faz ideia de como conhece esse movimento de espada — o giro —, mas percebe que é o *kami* quem o está fazendo, não você. Você se abaixa, vira de costas e golpeia com a lâmina em um arco horizontal. Nada afunda no chão e você cai de costas.

De repente, toda a força abandona seu corpo, como uma torrente saindo de você. O conhecimento que tinha um momento atrás desapareceu.

Horrorizado, você finalmente compreende o que aconteceu. O *kami* está deixando seu corpo, vitorioso.

Nada está morta. E você logo terá de responder por assassinato.

FIM

39

Você sai correndo na noite, de volta para o lugar sob os cedros. Escolhe as ferramentas de ninjútsu de que vai precisar e começa a adentrar o vale que Hitoshi indicou.

De repente, o castelo surge à sua frente. Você não acredita que chegou tão depressa. Dá a volta por trás do edifício e prende as garras de ferro em suas mãos e seus pés. A longa subida pela parede do castelo o leva para dentro da construção, mas você ainda precisa chegar à torre principal. Você caminha pelos pátios externos com passos de fantasma, se escondendo nas sombras.

Quando chega ao espaço interno, você lança uma *kaginawa* — uma corda com um gancho na ponta — até uma janela. O gancho se prende na beirada e você sobe. Um pouco antes de chegar ao peitoril, você para e tenta perceber os sons vindos de dentro. Não ouve nada, então continua subindo e entra pela janela.

Lá dentro, você espera alguns minutos, ouvindo com atenção os ruídos do castelo. Quando tem certeza de que não há ninguém por perto, começa a vasculhar a sala. Você não consegue acreditar na sua sorte. A sala está repleta de equipamentos ninjas, incluindo a espada!

Seu primeiro impulso é fugir com a espada enquanto pode. Mas então se pergunta se não deveria ficar e investigar, para poder chegar ao fundo do mistério.

Se preferir pegar a espada e partir, vá para a página 112.

Se decidir permanecer para investigar, vá para a página 48.

40

— Acho que devemos voltar ao passado — você diz. — Mas como posso ir junto?

— *Saiminjutsu* — responde o *sensei*. — Parecido com o que se chamaria de hipnose, só que muito mais poderoso. Permitirá que você acompanhe Nada.

Você tem mais uma pergunta.

— Como saberemos para que ano e local devemos ir?

— As marcas na espada podem nos ajudar — responde Nada. — Vamos copiá-las para levar conosco. Mas não é como ajustar um relógio. Basicamente, a energia que vibra da presença do *kami* e da espada vai nos direcionar.

— Antes que você parta — diz o *sensei* —, terá de fazer uma preparação. Terá de aprender algumas técnicas básicas de ninjútsu. Também precisará aprender os costumes e os modos do passado, para que não pareça tão deslocado.

Você passa a semana seguinte se preparando para a volta no tempo. Durante o dia, treina ninjútsu com Nada e o *sensei*. À noite, estuda história japonesa. O *sensei* consegue algumas roupas para vocês se passarem por carpinteiros, o que lhes dará uma desculpa para viajar, uma vez que agricultores não deixariam sua terra. Ele também entrega a cada um de vocês um *furoshiki*, que você usa para levar seu equipamento.

Finalmente o dia chega. Nada coloca você em um banco do *dojo*. Depois de meditarem juntos, ela fica de pé à sua frente e olha fixo em seus olhos. Usando as técnicas de *saiminjutsu*, ela pede que faça uma contagem regressiva com ela:

— Nove, oito, sete, seis...

Vá para a página 9.

41

Você começa a descer a escada. Enquanto isso, a voz diz:
— Meu nome é Yayoi. Eu estava em uma peregrinação com minha mestra, uma mercadora do vale. No caminho, ela quebrou um vaso e teve medo de que o marido a punisse, então me empurrou para dentro deste poço. Depois, disse a todos que eu havia roubado o vaso e sentia tanto remorso que cometera suicídio pulando no poço. Minha alma está neste espelho — Yayoi continua quando você chega à base da escada.
— Se tirar o espelho daqui, ela será liberta. Além disso, talvez perceba que o espelho o ajudará.

Você mergulha na água e pega o espelho. Levando-o embaixo do braço, mais uma vez sobe para fora do poço. Quando chega lá em cima, está exausto.

— Aí está você! — grita Nada. — O que estava fazendo no poço? Yukio nos alertou sobre ele.

Você entrega o espelho a ela e desmorona no chão.

— Eu resgatei um fantasma — você diz depois de recuperar o fôlego. Então conta a ela sua história, acrescentando: — O fantasma disse que o espelho nos ajudaria.

— Só espero que você não esteja enfeitiçado — Nada comenta. Um momento depois, exclama: — Ei, veja isso!

Você se senta. Nada está olhando para o espelho. No vidro, você vê refletidos os cinco ninjas que atacaram vocês, liderados por aquele com a espada.

— Eles estão no caminho para o vale — diz Nada. — Vamos!

Vá para a página 72.

42

Você espera Sanchiro partir e então sai do esconderijo. Volta para a sala onde deixou a espada, mas alguém a levou! É arriscado demais procurá-la. Você sai pela janela e retorna com segurança para a mata do lado de fora do castelo.

Você consegue descansar um pouco à noite, meio dormindo, meio prestando atenção em sons de perigo. A manhã vem e você se esconde entre as árvores perto do portão do castelo, esperando Sanchiro. Quando ele aparece, você o escuta dizendo que voltará assim que acabar com Kurayama.

Você segue Sanchiro pela estrada. Mas, antes de chegar ao vilarejo, ele é surpreendido por outro ninja — que você acredita ser Dana Kurayama — escondido nas árvores. Eles trocam algumas palavras que você não consegue ouvir e vão para uma clareira na mata.

Você se agacha na beira da clareira a tempo de vê-los se ajoelhar um de frente para o outro, fazer uma reverência, então se levantar e começar a luta. Dura apenas alguns minutos, durante os quais você vê uma série impressionante de movimentos de espada e manobras defensivas. Kurayama sai vitorioso.

Você se levanta para entrar na clareira. Assim que Kurayama o vê, desaparece na mata. Então você ouve Sanchiro dizer algo com seus últimos estertores. Você se aproxima. Ele está lançando uma maldição na família Kurayama! De repente você percebe que essa é a fonte dos problemas no *dojo*. Como agora você tem os poderes de Nada, sabe desfazer a maldição. Você invoca uma série de sinais de *kuji* que a anulam, então volta correndo para o vilarejo, para contar a Nada o que aconteceu.

FIM

43

— Encontrar Gyoja provavelmente é mais seguro — você diz.

— É mesmo — Yukio concorda.

— Ele é só um velho monge — diz Gin. — Não vai poder ajudá-los com os ninjas.

— Voltem para o vilarejo — Yukio os instrui. — Atrás do maior cedro, vocês encontrarão um caminho que leva a um mosteiro abandonado no alto da montanha. Às vezes Gyoja dorme ali. Se não o encontrarem, podem passar a noite no mosteiro. Pela manhã — ela continua —, podem procurar Gyoja mais para cima da montanha.

Você e Nada fazem uma reverência e agradecem às irmãs pela ajuda. Ao saírem, Yukio grita:

— Ah, esqueci de dizer: fiquem longe do poço do mosteiro. É assombrado. Boa sorte!

Nada o segue até o vilarejo, onde vocês encontram o caminho atrás do cedro e começam a subir a montanha de novo. O caminho serpenteia por depressões e penhascos, levando a um topo plano. Finalmente chegam ao mosteiro, ao entardecer. Ele está repleto de mato e os muros estão rachados e se desfazendo. Não há sinal de Gyoja, então você e Nada comem bolinhos de arroz e se preparam para dormir.

— Este lugar é assustador — você diz.

De manhã, o mosteiro parece mais alegre. Ao caminhar pela construção enquanto Nada prepara o café da manhã, você encontra um velho poço de pedra. Ele não parece assombrado. Você fica curioso para saber o que Yukio quis dizer.

Se você decidir olhar dentro do poço, vá para a página 31.

Se decidir se manter longe dele, vá para a página 109.

44

Você fecha os olhos e tenta relaxar, deixando a mente voltar para o sonho.

— Não sei... Eu queria que você admitisse que fez algo errado. Queria um pedido de desculpa.

— Algum tipo de compensação?

— Mais uma oferta. Para fazer as pazes.

— Claro! — diz Nada. — Devíamos ter percebido isso há muito tempo. O *kami*, que foi morto pelo meu ancestral, quer um santuário.

Você abre os olhos.

— Um santuário?

— Acho que Nada está certa. A solução é erguer um santuário — diz Tatsumo. — É o conceito de *goryo shinko*. Se alguém, principalmente um guerreiro, morre com ressentimento, seu espírito vai procurar vingança. Lembre-se, durante seu transe você nos disse que o *kami* pertencia a um guerreiro que jurou se vingar ao morrer pelas mãos de um dos ancestrais de Nada. Agora o *kami* voltou em busca de vingança. Mas, se construirmos um santuário, a raiva dele será absorvida.

— Que estranho — você diz — construir um santuário para um inimigo.

— Pode parecer estranho — diz Nada —, mas acontece o tempo todo.

— Infelizmente — o *sensei* acrescenta —, teremos que manter você sob vigilância até o santuário ser construído.

Você concorda. Mas já sente que o veneno do *kami* está se desfazendo e você está voltando a si.

FIM

— Acho que não podemos confiar em Hitoshi — você insiste com Nada.

— Podemos tentar encontrar o castelo — ela diz com relutância —, mas, se não tivermos sorte, vamos voltar aqui à noite e dar uma chance a ele.

Você e Nada voltam ao vilarejo e encontram um caminho pelo estreito vale que Hitoshi indicou. O caminho se bifurca imediatamente, então se bifurca de novo e mais uma vez.

— Precisamos prestar muita atenção no caminho — Nada começa a dizer — ou pode ser que a gente nunca mais consiga...

De repente, alguma coisa agarra seu pé e joga vocês dois para cima. Quando se dá conta do que está acontecendo, vocês já estão suspensos entre duas árvores com uma corda ao redor do tornozelo.

— Bem — diz Nada —, acho que agora não precisamos mais nos preocupar em prestar atenção.

FIM

46

Você olha para baixo e não consegue se imaginar voltando para o fundo do poço. Além disso, o fantasma já o enganou uma vez.

Você continua a subida lenta e difícil para fora do poço. Mas, cada vez que olha para cima, o topo parece mais distante. Seus músculos chegam ao limite.

Vagamente, em um mundo distante, você ouve Nada chamando, mas não tem forças para responder. Na verdade, você não tem mais força para se segurar na escada. Com um grito abafado, você despenca para dentro da água.

FIM

47

Você se acomoda sob os cedros para esperar por Hitoshi. Lentamente, o entardecer vem, e então a noite. Você e Nada permanecem imóveis, atentos aos sons ao redor.

— Ouça — diz ela.

— O quê?

— Os insetos se calaram de repente.

Mas o alerta dela ocorre tarde demais. O ataque vem por trás. Você é derrubado com um golpe na cabeça, mas reage imediatamente rolando para o lado. Você se coloca de pé, adotando uma postura defensiva, abaixando-se para perceber a silhueta do ninja que o está atacando e da arma de correntes que ele usa. Ele remexe as correntes e tenta acertar um chute na sua cabeça. Você mexe a perna esquerda num movimento de arco, parando a perna dele no ar e derrubando-o. Ele se levanta num pulo e desaparece na mata.

Nada está gemendo no chão a alguns metros. Você corre até ela.

— Acho que você estava certo em relação a Hitoshi — diz ela, resmungando. — Ele armou para a gente. Obviamente queriam nos levar como prisioneiros, caso contrário teriam nos matado de cara. Tivemos sorte de conseguir espantá-los, mas fui ferida pela espada do que me atacou. Você vai ter que continuar sem mim.

— Antes precisamos conseguir ajuda para você — você insiste.

Vá para a página 32.

48

Você atravessa o corredor silenciosamente. De poucos em poucos segundos, para e escuta. Você confere cada um dos quartos no corredor.

Em um deles, faz uma importante descoberta: um pergaminho descrevendo as explorações do proprietário do castelo, Sanchiro Miyamotori. Você tenta lembrar por que o nome lhe é familiar, então se dá conta de que faz parte do conhecimento que Nada lhe passou sob hipnose. De algum modo, você sabe que os Miyamotori são inimigos de longa data da família de Nada, os Kurayama.

Você para ao ouvir passos no corredor. A porta se abre. Você dá um salto de mais de três metros para cima e agarra uma viga. Dois homens olham dentro do quarto. Um deles diz:

— É melhor voltarmos para a câmara do *jonin*. Ele vai retornar em breve.

Assim que a porta se fecha, você volta ao chão sem fazer barulho e segue os dois homens, que acredita serem guarda-costas de Sanchiro. Você tem certeza de que Sanchiro é o *jonin*, ou comandante.

Você segue os dois homens pelos corredores do castelo. Finalmente, eles chegam à entrada da câmara de Sanchiro, protegida por mais dois homens. Depois que os dois primeiros passam por ela, você se revela aos guardas na porta. Eles se mexem para atacar, mas você levanta a mão e os impede com um olhar.

Você vai diretamente para o quarto pequeno do lado esquerdo da câmara e abre as portas corrediças. Os dois homens que seguiu, mais dois, o encaram. Antes que possam fazer qualquer coisa, você os hipnotiza com uma série de sinais *kuji*. Você fecha as portas de correr, senta-se ao lado deles e espera Sanchiro chegar.

Vá para a página 36.

50

Você espera que os dois últimos cavaleiros Yakuzi cheguem bem embaixo da árvore e salta do galho.

Mas sua sincronia não é tão boa quanto a de Nada. Ao saltar, você faz barulho, e um dos samurais olha para cima e vê você no último segundo. Ele consegue derrubá-lo antes que você o atinja.

Você cai duro no chão. Conforme a espada do samurai desce sobre você, seu último pensamento é a esperança de que Nada consiga de alguma maneira escapar e completar a missão sozinha.

FIM

51

Você permanece no transe, dando vazão à força que domina seu corpo. Como uma tempestade violenta, ela derruba tudo no caminho, embora você não saiba dizer quanto daquilo está acontecendo de verdade e quanto é coisa da sua cabeça.

Mas você logo descobre. Percebe que está sentindo uma dor aguda. Lentamente, se dá conta de que a dor vem de golpes desferidos por Nada e pelo *sensei*, e que você está rebatendo os golpes. Você sente um ódio terrível dos dois, principalmente de Nada.

Mas agora a tempestade parece estar passando. Você abaixa os braços e despenca no chão. Seu rosto relaxa e se torna uma máscara de tranquilidade.

Nada e o *sensei* parecem aliviados. Tatsumo se aproxima e bate em suas costas, aparentemente para acabar com o transe.

— Você está bem? — pergunta Nada.

— Sim — você diz, indicando que Tatsumo o deixe em paz. — Acabou.

— Graças a Deus — diz Nada. — Você estava nas garras de um *kami* muito poderoso, que nos atacou. Foi tudo que pudemos fazer para dominar você.

— Descobriram alguma coisa? — você pergunta.

— Graças a você — diz o *sensei* —, descobrimos que é o *kami* de um guerreiro que viveu na era feudal. Parece que ele era inimigo da família de Nada. Um dos ancestrais dela o matou, e ele jurou se vingar.

— Estou mais convencida do que nunca de que devemos voltar ao passado — diz Nada. — Mas você precisa descansar agora. Podemos discutir nosso plano de ação amanhã.

Você assente. Uma vozinha dentro de você ri.

Vá para a página 54.

52

— Vou entrar em transe — você diz.

O *sensei* chama Tatsumo, o sacerdote *Shugendo*.

Em pouco tempo, Tatsumo chega. Ele pede que dois bancos sejam levados para a sala e colocados um na frente do outro. Então faz você se sentar em um deles e se senta à sua frente. Nada e o *sensei* ficam mais afastados.

— Feche os olhos — diz Tatsumo — e esvazie a mente. Una as mãos à frente do corpo. Respire a partir da barriga. Limpe a mente o máximo que conseguir, deixe-a ficar em branco. Agora — continua ele —, abra os olhos e olhe nos meus. Concentre-se em um ponto bem atrás da minha cabeça. Não tire os olhos dos meus.

Tatsumo tira da manga um *gohei*, ou varinha sagrada, e o coloca no banco, depois começa a recitar uma série de orações. Enquanto você olha através dos olhos escuros dele para o ponto atrás da cabeça, sente que está desaparecendo. Tatsumo começa a entoar um cântico rítmico e monótono, e então, em um espasmo repentino, entrelaça os dedos uns nos outros, dando nós. Você se afasta ainda mais de si mesmo, até perceber que apenas uma pequena parte de si permanece no *dojo*. Você parece observar a cena a uma grande distância.

Uá para a próxima página.

Os dedos de Tatsumo se retorcem, formando cada vez mais nós, e o cântico se intensifica. De repente ele para, coloca o *gohei* entre suas mãos unidas e retoma o cântico. A pequena parte dentro de você que ainda está ciente do ambiente ao redor vê que a varinha começou a vibrar. As vibrações se intensificam e se tornam um tremor constante. Você nota outra presença na sala.

Vá para a página 64.

54

Nada leva você por um corredor.

— O *sensei* ficou muito impressionado com a sua capacidade de aguentar o transe — diz ela. — Este é o seu quarto. De manhã, faremos um chá medicinal para ajudar a curar seus ferimentos.

Quando Nada sai, você se lembra com mais clareza dos acontecimentos da última hora. Você se vê atacando Nada e o *sensei*, depois lutando contra eles quando tentaram imobilizá-lo no chão. Então percebe que os movimentos que estava fazendo eram diferentes daqueles que aprendera. Eram ninjútsu!

Você não tem certeza de como sabe disso, mas é estranhamente revigorante. Você se sente muito poderoso. Seu antigo ser lhe parece fraco e insignificante.

Você adormece. Um sonho lhe vem. Você está tendo dificuldade para explicar algo a Nada, e sua aparência não é a mesma. Seus traços estão diferentes e você está vestido com uma armadura feudal japonesa, com uma espada ao lado. Nada está vestida de modo semelhante e também não tem a mesma aparência. Você está tentando explicar que ela lhe deve algo ou que precisa fazer alguma coisa para você, mas ela não quer ouvir. Você fica irado. Pega a espada e a balança na direção dela.

Você acorda ensopado de suor e com uma sensação de ódio por Nada. O sonho ainda parece real. Você quer voltar a dormir para descobrir como termina. Mas também fica pensando se deve contar a Nada sobre o sonho agora mesmo.

Se quiser voltar a dormir, vá para a página 70.

Se decidir se levantar, vá para a página 60.

Você vê Nada se aproximando, então tudo fica escuro. Quando abre os olhos, sente uma dor intensa no corpo inteiro. Você tem a sensação de que foi atropelado por um caminhão. Nada, o *sensei* e Tatsumo se curvam sobre você com olhar de preocupação.

— Sinto muito! — diz Nada quando percebe que você está acordado.

— Você não teve escolha — você responde com fraqueza.

— Eu estava te atacando.

— Mas eu sabia que não era você. Eu sabia que era o *kami* — diz ela.

— Foi tudo culpa minha! — Tatsumo resmunga. — Eu devia ter visto que o *kami* o havia possuído. Ele foi muito esperto ao se esconder.

— Era um ninja — afirma Nada. — Percebi quando estávamos lutando. Somente um ninja usaria uma espada daquela maneira.

— Percebi isso também — você diz. — Tenho de admitir que foi emocionante compartilhar esse conhecimento.

— Sim — diz Nada. — É uma arte poderosa. Mas também tem um grande potencial para o mal. Se você não tivesse desistido, eu não sei qual teria sido o resultado.

— Então, o *kami* está derrotado? — você pergunta.

— Sim — ela responde —, pelo menos por enquanto.

FIM

56

Você, Sashami e Nada se aproximam do palanquim com timidez. A cortina se abre, e o daimiô olha para vocês de cima a baixo antes de perguntar a Sashami o nome dele.

Quando Sashami responde, o daimiô diz:

— Você não é o samurai que concordou em defender o vilarejo contra os Yakuzi?

Você tenta entender como o nobre descobriu isso. Sashami responde com um fraco "sim" e explica:

— Foi uma situação desesperadora.

— De qualquer modo, o código samurai exige que você honre sua palavra. É melhor morrer de maneira nobre do que se entregar — diz o daimiô.

Sashami não responde, então ele continua:

— Permitirei que você morra de modo honrado cometendo *seppuku*.

Você arregala os olhos, pois sabe que o *seppuku* é um ritual suicida.

— Quanto aos seus acompanhantes — diz o daimiô, fazendo um gesto para você e para Nada —, vou poupá-los, mas eles serão levados ao meu castelo para serem servos.

Você não só se sente péssimo em relação ao destino de Sashami, como parece que vai demorar um pouco para continuar sua busca.

FIM

— Fique e defenda o vilarejo — você diz ao samurai. Ele abaixa a cabeça.

— Muitos samurais sentem orgulho de morrer de maneira nobre ainda que tenham fracassado, mas não eu. No entanto, já que estão dispostos a permanecer e lutar, vou me juntar a vocês.

— Ótimo — diz Nada com rapidez. — Agora nos mostre o melhor lugar para armar uma emboscada.

O samurai, que se apresenta como Sashami, leva vocês a um lugar onde a estrada se afunila numa passagem estreita cheia de árvores.

— Parece perfeito — você diz a Nada, e ela concorda. Você pega seus equipamentos e monta a armadilha.

Momentos depois de assumirem suas posições, você ouve o barulho de cascos na estrada. Os Yakuzi vêm galopando pelo caminho, aos pares.

Vá para a página 59.

58

— Já cansei dessa espada! — você grita.

Então pega o estojo da viola e o lança nas bolhas de lava na costa. Ele desaparece rapidamente em meio à massa derretida.

— Obrigado — diz a voz. As bolhas de lava parecem fazer uma reverência.

Por causa do calor, Nada desmaia no bote salva-vidas. Logo, a mesma coisa acontece com você.

Quando você desperta, o bote se afastou e a ilha sumiu de vista. Nada pede desculpas.

— Não sei o que me deu — diz ela. — Por algum motivo, não consegui largar a espada. Fico feliz por saber que você a entregou ao *kami*. Agora que ela voltou para o seu local de origem, tenho a sensação de que nossos problemas acabaram.

— Se ao menos pudermos ser resgatados... — você diz.

— Não vai demorar — assegura Nada. — Um avião passou por aqui há duas horas. O piloto fez sinal para mostrar que nos viu. O navio de resgate está vindo.

FIM

59

De seu posto no galho de uma árvore, você inicia a emboscada esticando uma corda atravessada na estrada, e os quatro primeiros cavalos são derrubados.

Sashami sai correndo da mata para pegar os dois primeiros cavaleiros. Enquanto os dois segundos se levantam, Nada salta da árvore do outro lado, aterrissando com um joelho no ombro de cada um, lançando-os novamente ao chão.

Outros dois estão vindo a cavalo. Você derruba um deles da sela com um *shuriken* — uma estrela ninja —, e ao outro você lança um anel de metal preso na ponta de uma corda comprida. O cavaleiro segura o anel com facilidade e sorri, preparando-se para derrubá-lo da árvore. Mas você puxa a corda de modo que ela se enrola no pulso dele. E então você o derruba do cavalo.

Ao terminar esse golpe, você vê que mais dois Yakuzi estão vindo! Você vai precisar lidar com eles sozinho, uma vez que Nada e Sashami ainda estão ocupados com os do chão. Você fica imaginando se pode dominar os últimos dois com um salto, como aquele de Nada. Mas também lembra que tem uma réstia de fogos de artifício que parecem tiros quando acesos.

Se você for tentar saltar, vá para a página 50.

Se preferir acender os fogos de artifício, vá para a página 91.

60

Você luta para não voltar a dormir e se esforça para levantar. Seus ferimentos latejam. No relógio, você vê que são onze horas da noite, então tem certeza de que Nada está dormindo, mas acha importante acordá-la.

O sentimento de raiva por Nada não desaparece — na verdade, aumenta. Você não consegue controlá-lo. Atravessa o corredor apressado até o quarto de sua amiga para acordá-la antes que a raiva o domine.

Nada imediatamente se senta na cama quando você entra no quarto. Você corre na direção dela.

— Nada! — você grita com uma mistura de medo e ódio.

Seus olhos encontram os dela por um instante, e então, com um movimento rápido, ela agarra você e aperta um nervo no seu pescoço. Você cai no chão, inconsciente.

Quando desperta, está na sala de treinamento, amarrado a uma coluna. Nada, o *sensei* e Tatsumo estão lá. Ela fala seu nome com hesitação.

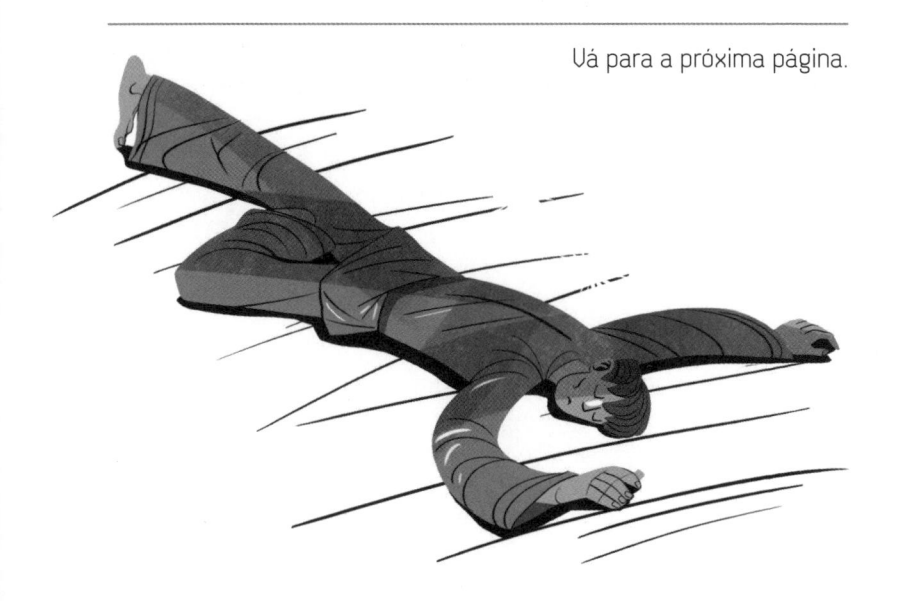

Vá para a próxima página.

— Sim — você responde, grogue. — O que aconteceu?

— Desculpe por ter feito isso — diz Nada. — Mas, assim que vi você no meu quarto, eu soube que ainda estava possuído pelo *kami*.

Você assente devagar.

— Sim, percebo isso agora. Eu fui ao seu quarto para lhe contar sobre um sonho. Eu era um guerreiro feudal, e você também. Eu estava tentando lhe explicar algo, mas você não queria ouvir. Fiquei irritado e peguei minha espada.

— O que estava tentando explicar? — pergunta o *sensei*. — Pense bem. Pode ser importante.

— Eu queria que Nada fizesse algo por mim. Sentia que ela me devia algo.

— O que eu devia a você? — Nada pergunta. — Tente se lembrar.

Vá para a página 44.

62

Três dias depois, você está pronto para a viagem ao passado. Nada explica que a energia da espada e do *kami* levará vocês à época e ao lugar de onde eles vieram.

Você se senta no *dojo* vazio e medita antes de Nada começar. Ela faz você contar com ela enquanto o hipnotiza com *saiminjutsu*.

— Dez, nove, oito, sete...

A última coisa de que você se lembra é Nada retorcendo os dedos como Tatsumo fazia enquanto colocava você em transe.

Quando você abre os olhos, tem tempo de ver que está de pé ao lado de Nada em uma estrada próxima a um vilarejo feudal japonês — antes de quase ser atropelado por um samurai vestido com roupas de guerra. Ele para, sem fôlego, e olha para você. O rosto dele demonstra sinceridade e medo.

— Para o seu próprio bem — diz ele —, sugiro que saiam desta estrada e se escondam em algum lugar... em qualquer lugar.

— Por quê? — você pergunta.

— Porque a qualquer minuto o bando dos Yakuzi vai passar por aqui a cavalo.

— Quem são eles?

— Você tem sorte de nunca tê-los encontrado. São samurais bandidos que saqueiam cidades e vilarejos. Eu concordei em defender o vilarejo na estrada, mas pensei que apenas dois ou três Yakuzi estavam vindo. Em vez disso, descobri que são pelo menos seis!

Vá para a página seguinte.

— Nós ajudaremos você a defender o vilarejo — diz Nada.
— Não seja ridícula — responde o homem. — Vocês não são samurais. Mesmo que fossem, ainda assim não teríamos chance.
— Temos nossos próprios meios — fala Nada.

O samurai balança a cabeça.

— Vocês podem fugir comigo se quiserem. Tentarei protegê-los. Mas apenas um tolo permaneceria e enfrentaria os Yakuzi.

Nada, no entanto, não se mexe. Depende de você dizer algo.

Se você disser a Nada: "É melhor fugirmos enquanto podemos", vá para a página 26.

Se disser ao samurai: "Fique e defenda o vilarejo", vá para a página 57.

64

Tatsumo para de cantar, coloca as mãos em seus joelhos e pede:

— Diga-nos, honrado convidado, quem é você.

Uma estranha voz masculina, que não é de ninguém na sala, mas que você percebe estar vindo de seus lábios, diz:

— Eu sou...

Mas o nome é bloqueado de seus ouvidos por um peso repentino em seu peito.

— O que quer? — você escuta vagamente Tatsumo perguntar.

Nesse momento, uma fúria selvagem é liberada dentro de você. Ela se espalha por todas as direções, sua intensa força destrutiva tentando encontrar algo para punir. Milhares de vozes gritam, algumas por vingança, algumas por ajuda. Entre elas, você consegue distinguir uma vozinha, a sua própria, mas não consegue ouvir o que ela está dizendo. Você tem uma necessidade urgente de fugir dessa raiva interior antes que ela o destrua.

Se decidir tentar sair do transe, vá para a página 34.

Se preferir deixar acontecer para descobrir o que o *kami* quer, vá para a página 51.

65

Você segue Nada pelos corredores do castelo para encontrar o sr. Hatama. No caminho, encontram o filho mais velho da família Miyamotori. Nada faz uma reverência com nervosismo, apresenta você e diz a ele:

— É um prazer vê-lo de novo, Kato.

— O prazer é meu — ele responde com frieza. — Pensei que quisessem analisar nossos arquivos, não bisbilhotar pelo castelo.

— Hum, sim, você tem razão — diz Nada. Ela não tem escolha a não ser contar a ele sobre a urna na câmara subterrânea.

O rosto de Kato enrijece de raiva.

— Mostre-me essa urna — ele exige.

Você e Nada levam Kato à câmara empoeirada. Ele abre a porta e acende o interruptor. A urna quebrada continua ali... mas o cadáver desapareceu!

— Que absurdo! — grita ele. — Naquela urna estava o corpo do meu tio, que morreu na semana passada. É assim que retribuem o favor de usar nossos arquivos?

— Não, não... — Nada tenta explicar.

Kato a interrompe.

— Você pode dar sua explicação à polícia.

Você e Nada esperam a polícia chegar. Vocês serão detidos enquanto o assunto é investigado. Muitos dias se passarão até que possam voltar a pesquisar a força misteriosa que está atacando o *dojo* — e, até lá, pode ser tarde demais.

FIM

66

No café da manhã, você aquece as mãos numa tigela de mingau de arroz enquanto você, Nada e Sashami esperam o sol subir no horizonte. Sashami relembra que se ofereceu para ajudar.

— Talvez você possa mesmo ajudar — diz você, então mostra a ele o papel com as marcas da espada. — Acreditamos que pertençam a um clã ninja.

O rosto de Sashami fica pálido quando ele vê o papel.

— Você conhece essas marcas? — pergunta Nada.

— Não posso contar tudo — Sashami responde com a voz baixa —, porque até hoje é doloroso pensar nisso. Simplesmente direi que se trata do brasão secreto do diabólico clã ninja Miyamotori. Por causa da ganância e da dissimulação do líder deles, Sanchiro, fui forçado a deixar meu mestre, minha cidade e minha família.

— Nós também fomos ameaçados por eles — diz Nada.

— Seria um prazer ajudá-los a lutar contra Sanchiro — Sashami afirma. — Posso levá-los ao castelo dos Miyamotori. Fica a dois dias daqui se formos com os cavalos dos Yakuzi.

Vocês cavalgam durante dois dias por passagens cheias de neve, planícies cobertas de mata e cidades feudais, até finalmente chegarem a um pequeno vilarejo. Sashami aponta na direção de um vale estreito acima do vilarejo e diz:

— É ali que fica o castelo dos Miyamotori. Conheço o caminho secreto até ele. Sigam-me com cuidado.

Vá para a página 74.

67

Você se precipita para fora da sala lateral e se agacha diante de Sanchiro em uma postura ofensiva. Antes que possa atacar, algo no chão irrompe em ondas de fumaça. Você vê Sanchiro pulando para entrar em um alçapão no teto.

Você o segue e se vê em uma passagem aberta no teto, que leva a uma varanda do castelo. Sanchiro não está em lugar nenhum.

Você analisa a situação e percebe que ele o atraiu para o lugar onde terá a maior vantagem. Ele conhece cada centímetro da varanda, enquanto você está em território desconhecido. Há somente uma esperança. Você precisa encontrar *ku* — o Vazio — e se livrar de todos os preconceitos, ilusões e até mesmo da força de vontade, para que tenha total consciência e esteja pronto para o ataque.

Ele vem do lado que você menos espera. Sanchiro o derruba com um golpe devastador no rim. Você perde a força e ele o empurra em direção ao parapeito. Sua falta de resistência é tão inesperada que ele prende o pé embaixo de você e é lançado por cima do parapeito.

Você sai do castelo bem depressa. Ao chegar exausto à cabana de Nikkya, você conta a Nada o que aconteceu.

— Fico feliz que tenha derrotado Sanchiro — diz ela. — Mas estou preocupada por não termos encontrado a fonte exata dos problemas no *dojo*. Também temo que tenhamos alterado a história.

— O que podemos fazer em relação a isso? — pergunta você.

— Precisamos voltar agora mesmo — ela decide. — Acho que tudo que podemos fazer é torcer para que suas ações tenham resolvido o problema.

FIM

— O que está fazendo? — Nada grita quando você a empurra da frente da espada e rola com ela para dentro da vala na lateral da estrada.

Sanchiro empunha a arma e diz:

— Melhor assim. Você deve respeitar seus superiores.

Com raiva, você se levanta e começa a correr atrás dele. Mas, quando ele vê você se aproximando, simplesmente vira de costas, coloca uma capa sobre os ombros e some.

Perplexo, você olha para Nada.

— Capa da invisibilidade — ela explica. — Provavelmente mais um presente de Xenglu. Por que você não seguiu as orientações dele?

— Fiquei com medo de que fosse outra peça — você diz meio envergonhado.

Nada suspira.

— Perdemos nossa melhor chance. Talvez agora nunca alcancemos Sanchiro.

FIM

— Vamos tentar descobrir de onde veio a espada — você diz.

— Vou pegá-la — fala Nada. — Podemos analisá-la com mais atenção.

A espada está envolta em seda. Sua amiga a coloca sobre a mesa, abre o tecido e tira a espada da bainha. A lâmina é mais afiada que qualquer coisa que você já viu. Mas são as marcas no punho que chamam sua atenção.

— É um símbolo estranho — diz o *sensei*. — Não sei o que representa. Talvez uma seita secreta.

— Parece um brasão de família — você comenta.

— Sim — concorda o *sensei*. — Na verdade, lembra um pouco o brasão da família Miyamotori.

— Os Miyamotori! — exclama Nada. — Eram os maiores inimigos da minha família.

— E continuam sendo? — pergunta você.

Vá para a página 76.

70

Você volta a dormir. Mas, no meio da noite, desperta de novo e, sem pensar, sai do quarto e atravessa o corredor. De alguma forma, você sabe aonde ir.

A porta que você quer está trancada, mas de repente você está do outro lado dela. Você encontra a caixa e a abre. Levanta com reverência o objeto envolto em seda e o coloca no chão, desembrulha-o e o tira da bainha. Finalmente, a espada está na sua mão. Parece incrivelmente familiar.

Você se levanta e, sem fazer barulho, atravessa o corredor em direção à parte do *dojo* onde Nada dorme. Você entra no quarto dela e se aproxima. Então levanta a espada. De repente, algo dentro de você grita:

— Não!

Você hesita. Mas rapidamente seu ímpeto volta e você abaixa a espada.

Vá para a página seguinte.

O momento de hesitação é suficiente para que os olhos de Nada se abram. Ao ver a espada, ela reage de modo instantâneo, levantando o braço para bloquear a arma. Então ela lhe dá um chute e você é jogado para trás. Você retoma o equilíbrio e se aproxima dela. Nada dá um salto no ar para evitar a espada e atinge você no peito com um chute.

Você fica sem fôlego no chão. Também percebe que os golpes de Nada enfraqueceram o *kami* dentro de você. Somente agora você percebe que estava tentando matá-la!

Ela está se aproximando para um golpe de finalização, e você deve escolher entre permitir que ela o desfira ou contra-atacar com um movimento de espada.

Se você decidir ficar imóvel, vá para a página 55.

Se realizar o movimento de espada, vá para a página 38.

Rapidamente, você recolhe seus equipamentos e desce a montanha. Em pouco tempo, você e Nada voltam para o vale, percorrendo o caminho para confrontar os ninjas.

— Estive pensando — ela comenta. — Yukio nos disse que o ideograma no punho da espada lembra o brasão da família Miyamotori. Os Miyamotori são um clã ninja que, certa vez, teve uma rivalidade terrível com a minha família. Talvez esses ninjas façam parte desse clã.

Você começa a dizer que pode ser, quando, de repente, ao dobrar uma esquina, se vê cara a cara com os cinco ninjas. O líder sorri brevemente, e então o olhar de morte que você viu antes reaparece nos olhos dele. Ele pega a espada.

— Espere! — Nada levanta a mão. — Responda a uma pergunta: você é um Miyamotori?

— Sou Sanchiro Miyamotori — ele responde sem emoção e então avança. Quando chega perto, você levanta o espelho na direção dele. Ele para, horrorizado, e solta a espada. Ele e os outros se viram e saem correndo.

Quando eles desaparecem na estrada, você se vira para Nada e diz:

— Gostaria de saber o que viram.

— Detesto ficar imaginando — Nada responde, olhando no espelho. — Dizem que um espelho pode refletir sua alma. Independentemente do que tenha sido, acho que resolvemos nosso mistério e podemos voltar ao *dojo*.

— Devemos pegar a espada? — você pergunta.

— Vamos levá-la para Yukio e Gin — Nada responde. — Elas vão mantê-la segura e escondida. O *kami* não vai nos perturbar de novo.

FIM

74

Antes de chegarem ao castelo, vocês ouvem um grito vindo da mata. Cuidadosamente, vocês três descem do cavalo para investigar.

Encontram uma clareira em que dois ninjas estão se encarando. Os dois empunham espadas. Eles se ajoelham, fazem uma reverência e então, lentamente, se aproximam um do outro.

— Aquele é Sanchiro Miyamotori! — Sashami sussurra.

— E ele está com a espada, a que está no *dojo* agora! — você acrescenta.

Você pega a espada de Sashami, pronto para sair correndo e ajudar o outro ninja. Mas então analisa se é uma boa ideia. Talvez deva deixar os dois brigarem sozinhos.

Se decidir entrar na clareira, vá para a página 111.

Se preferir permanecer afastado, vá para a página 106.

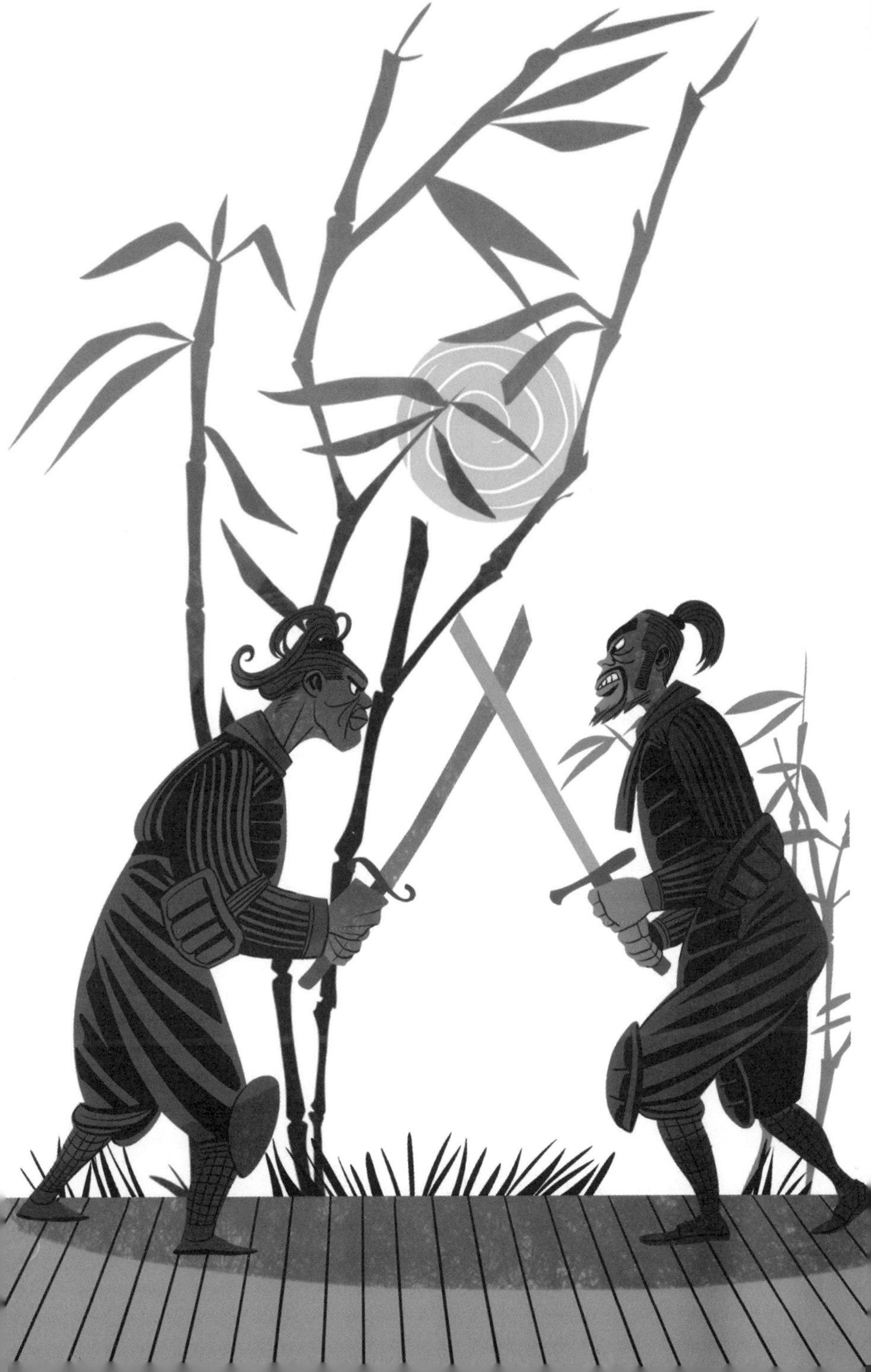

— Na verdade não — responde Nada —, mas essas rivalidades demoram a desaparecer. É melhor localizarmos a pessoa que nos mandou a espada para descobrir onde ela a encontrou.

— Isso pode ser difícil — diz o *sensei*. — Havia pouca informação com a espada. Por que vocês não fazem uma pesquisa sobre a história da família Miyamotori? Pode ser que encontrem algo a respeito do ideograma no punho da espada.

— Mas para isso teríamos de pedir à família Miyamotori para nos deixar ver os arquivos deles — diz Nada.

— Felizmente, tenho um bom amigo que é *sensei* no *ryu* deles. O sr. Hatama. Podemos pedir que nos ajude a organizar sua visita — fala o *sensei*.

Nada se vira para você e pergunta:

— O que acha?

Se você disser: "Vamos fazer a pesquisa", vá para a página 84.

Se disser: "Vamos tentar descobrir quem mandou a espada", vá para a página 100.

— Vamos voltar aos arquivos — você diz. — Tenho um palpite de que podemos encontrar alguma coisa ali.

Vocês voltam pela câmara subterrânea e retomam a pesquisa. Por fim, seus olhos cansados percebem: o ideograma da espada.

— Aqui está! — você diz a Nada.

Vocês ficam sabendo que o ideograma era o brasão secreto de um *ryu* ninja fundado há quatrocentos anos por Sanchiro Miyamotori. Segundo a lenda, Sanchiro aprendeu a arte do ninjútsu, e também feitiçaria, com um *tengu* — uma criatura alada e mítica, de nariz comprido, que supostamente vivia nas árvores das montanhas. O *tengu* deu a Sanchiro uma espada, que era a fonte de seus poderes.

Sanchiro exerceu seu poder para acumular grande quantidade de terra e riquezas. Mas um dia foi detido por outro ninja, chamado Dana Kurayama — um ancestral de Nada. Sanchiro morreu amaldiçoando o clã Kurayama e jurando vingança.

— Essa é a resposta! — grita Nada. — A força que perturba o nosso *dojo* é o *kami* de Sanchiro Miyamotori. Quando recebemos a espada dele, ela inflamou o desejo de vingança. Quem quer que nos tenha enviado a arma queria reavivar os conflitos entre as duas famílias. Tenho certeza de que o que estava na câmara subterrânea era o *kami* em outra forma, tentando nos atrair para uma armadilha.

— Então talvez se devolvermos a espada aos Miyamotori... — você começa.

— Sim! — Nada exclama. — Boa ideia. Tenho certeza de que ficariam contentes de reavê-la. Isso vai acalmar o *kami*, e também pode ser o começo de uma reconciliação entre as duas famílias.

FIM

78

Você e Nada circundam cuidadosamente o cadáver. Enquanto ela espera de um lado, você para do outro e se abaixa para examiná-lo.

Quando o vira, vê uma máscara demoníaca horrorosa olhando para você. De repente, os olhos brancos ganham vida. Eles o agarram como se fossem mãos de aço, apertando cada vez mais forte.

Nada ataca freneticamente o cadáver-demônio, mas os golpes simplesmente ricocheteiam. Você se esforça para manter a consciência. Desesperada o suficiente para tentar qualquer coisa, Nada tira a máscara de demônio do cadáver. A força sobre você diminui, e ela imediatamente retorce os dedos numa sequência de estranhos nós. Em questão de instantes, tudo está acabado. O cadáver está novamente sem vida, dessa vez de verdade.

— O que aconteceu? — você pergunta, ainda chocado. — Quando você tirou a máscara, ela pareceu perder a força.

— Não acho que a máscara tinha uma força real. Tirá-la só o distraiu e me deu uma brecha — Nada explica. — Acredito que o cadáver estava possuído por um *kami* ninja, o mesmo que vem atacando nosso *dojo*. Consegui usar *kuji*, uma forma de feitiçaria que aprendi no meu treinamento ninja, para espantá-lo. Mas ele pode voltar.

— Pelo menos não vai voltar já — você diz. — Talvez, nesse meio-tempo, possamos entender de onde ele veio e o que quer.

FIM

Você afasta a premonição e promete não ficar tão nervoso. Um segundo depois, chamas queimam tudo ao seu redor. A cada virada, você vê fogo. Nada tenta afastar você da estrada, mas uma rede já foi lançada sobre a sua cabeça. Você está preso. Cinco figuras vestidas com roupas pretas de ninja surgem da mata e vão para cima de você.

Você não faz ideia do motivo, mas está prestes a ser o alvo da ira ninja.

FIM

80

— Felizmente, já vi tanto esse tipo de coisa que posso até manter minha fama de sábio intacta — diz Gyoja com um sorrisinho. — Acredito que vocês estão lidando com um *kami* irado. Tenho quase certeza de que é o *kami* do ninja que armou a emboscada para vocês. Suspeito de que a chegada da espada dele ao seu *dojo* tenha aumentado a ira do *kami*. Não sei por que ele estava bravo, mas o importante agora é acalmá-lo.

— Mas ele está nos atacando — você argumenta.

— A maioria dos ataques é bloqueada de modo mais eficiente com compreensão — Gyoja responde. — Violência gera violência.

— Como podemos fazer as pazes com o *kami*? — pergunta Nada.

— Construam um santuário para ele — diz Gyoja. — Usem a espada no santuário. Organizem um festival de verão para ele. Se fizerem isso com sinceridade, a raiva desse *kami* será absorvida pelo grande *kami*.

Você e Nada fazem uma longa reverência e agradecem a Gyoja pelo conselho. Então, seguem para o mosteiro para passar a noite. Quando amanhecer, vocês vão voltar ao presente e seguir as instruções de Gyoja.

FIM

— Precisamos nos livrar da espada — você diz a Nada. — Obviamente ela é a causa dos nossos problemas.

— Não podemos fazer isso — ela contesta. — Como vamos localizar quem a enviou?

— Vamos copiar as marcas do punho. É tudo o que precisamos.

— Não sei não — diz Nada.

A comissária de bordo decide por vocês. Ela pega a espada e a joga ao mar. Nada se estica quando ela passa pelo gradil, mas não consegue pegá-la. A espada cai no mar.

Em pouco tempo, o capitão do navio anuncia:

— Os motores parecem estar funcionando novamente, pessoal. Vamos levá-los de volta a terra em breve.

O navio leva vocês à ilha Wake. Nada imediatamente telefona para o *sensei* para contar o que aconteceu. Ele recebe a notícia com calma e diz que a atmosfera no *dojo* parece mais leve.

Vocês voltam ao *dojo*. Não ocorre nenhuma tempestade de raios nem outros eventos estranhos.

Um dia, enquanto você e Nada bebericam chá com o *sensei*, ele afirma:

— Acredito que podemos considerar nosso mistério resolvido. As perturbações terminaram. A espada obviamente trouxe com ela algum tipo de espírito irado. Agora, a ira do espírito está no fundo do mar, com a espada.

Você e Nada concordam. Você se prepara para pegar o trem de volta a Kyoto no dia seguinte, feliz por ter visitado sua amiga.

FIM

Nada agarra o estojo da viola com os dois braços. Você fica ao lado dela.

— Se é o que vocês querem... — diz o capitão.

A tripulação do navio desce um bote salva-vidas à água. Você, Nada e o estojo da viola seguem para lá. A tripulação lhes dá água, provisões de comida espacial suficientes para uma semana e votos de boa sorte.

Quando vocês saem do navio, os motores aparentemente se recuperam. Ele parte a toda velocidade. Vocês se veem sozinhos no meio do Pacífico.

Dois dias depois, ainda estão lá. A espada está quieta. Vocês não avistaram nenhum navio ou avião.

— Devemos estar fora das rotas de navegação — você comenta.

Mais tarde, você avista uma coluna de fumaça no horizonte.

— Veja! — você grita. — Talvez seja um navio.

Mas, conforme a fumaça se torna uma nuvem negra e labaredas disparam no céu, você percebe que não se trata de um navio. Você observa surpreso quando a erupção começa. Grandes colunas de chamas irrompem de dentro da água.

Um pedaço de terra em forma de cone surge do mar. Seu bote segue em direção à nova ilha. O calor é intenso, e Nada começa a remar para longe.

— Espere! — você diz. — Tem alguma coisa na costa.

Bolhas de lava surgem da rocha derretida e parecem se levantar para receber vocês. Não parecem ter boca, mas, ainda assim, você ouve uma voz grave e rouca dizer:

— Somos os deuses da forja. Vocês têm uma espada que está causando problemas em nosso mundo. Devem entregá-la a nós.

Nada é desafiadora:

— Nunca!

Se também não quiser entregar a espada a eles, vá para a página 104.

Se acha que deveria lançar a espada para as criaturas de lava, vá para a página 58.

84

No dia seguinte, você e Nada pegam o trem para o vilarejo remoto próximo da propriedade dos Miyamotori. Um táxi os deixa na propriedade, um castelo sombrio em um vale escuro.

Depois de uma longa subida pelos degraus de pedra e por diversos portões, vocês tocam a campainha. A *rojo* — ou governanta — atende. Ao saber que o sr. Hatama arranjou a visita, ela leva vocês à apertada sala de arquivo, em uma parte distante do castelo.

Quando a *rojo* parte, Nada lembra que prometeu ao *sensei* transmitir os cumprimentos dele ao amigo, o sr. Hatama.

— Volto em alguns minutos — diz ela.

Você começa a procurar nos pergaminhos grossos e desgastados enquanto Nada se afasta. Um minuto depois, ouve um barulho alto de pancadas. Parece estar vindo do corredor. A princípio você o ignora, mas se torna tão alto e insistente que você não consegue se concentrar nos documentos.

Cuidadosamente, você atravessa o corredor até uma porta pesada e baixa. Confere para ter certeza de que ninguém está observando e força a porta. Ela se abre.

Vá para a página 97.

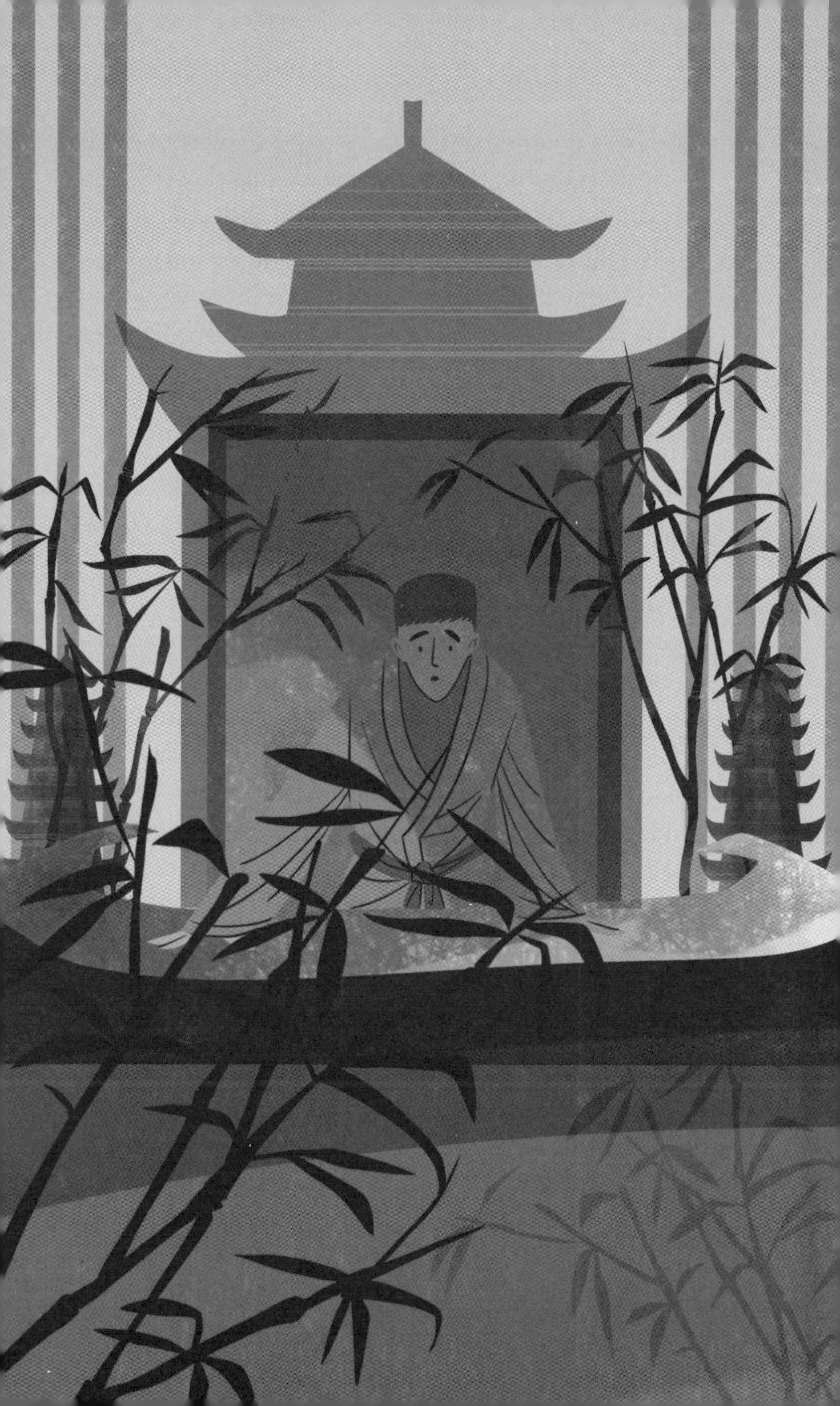

— Gostaria que me dessem a espada — diz ela. — Sei que estou pedindo algo importante. Não é fácil abrir mão de uma arma tão poderosa.

— Mas não pretendemos usá-la — protesta Nada.

— Vocês têm direito a uma explicação — continua a Rainha. — Esta espada pertenceu a um guerreiro ninja do período feudal. O nome dele era Sanchiro Miyamotori. Grande parte do poder dele vinha da espada, entregue a ele por um *tengu*. O *tengu* também lhe ensinou magia.

Nada sussurra para você dizendo que um *tengu* é uma criatura alada e com bico que vive nas árvores das montanhas.

— Infelizmente — a Rainha do Mar continua —, Sanchiro fez mau uso do que o *tengu* lhe ensinou. Ele causou tantos problemas que foi confrontado por outro ninja, Dana Kurayama.

Vá para a página seguinte.

Nada sussurra para você que Dana é um ancestral dela.

— E este matou Sanchiro — explica a Rainha. — Enquanto Sanchiro morria, jurou se vingar dos Kurayama. Quando o seu *dojo* recebeu a espada, isso irritou o *kami* vingativo do ninja. A promessa dele foi posta em ação.

— Como combater isso? — você pergunta.

— Me deem a espada — responde a Rainha do Mar. — A ira do *kami* se esgotará.

Nada entrega a espada à Rainha do Mar, que agradece. Nada faz uma reverência e diz:

— Nós é que agradecemos à senhora por resolver o nosso problema e por nos receber em seu palácio.

A Rainha balança a mão.

— Só não contem a ninguém que me viram.

Você e Nada são guiados para fora do palácio e tentam imaginar se o *sensei* vai acreditar na sua história.

FIM

— Não quer ver com seus próprios olhos antes? — você pergunta a Nada.

— Só uma olhadinha — ela responde.

Você a leva pelo corredor, para na porta e então entra. A porta se fecha atrás de vocês. A sala está completamente escura. A atmosfera, pesada.

— Estou sentindo a presença do *kami* aqui dentro! — sussurra Nada.

Você acende um fósforo. Os fragmentos da urna ainda estão no chão, mas o cadáver desapareceu!

Vocês ouvem um som de algo raspando do outro lado da câmara. Avançam lentamente naquela direção, com o fósforo iluminando um pequeno espaço à sua frente. Por fim, chegam à parede dos fundos. Não veem nada além de três paredes de pedra.

— Esta não é uma parede comum — diz Nada, tocando a pedra. Ela direciona o fósforo para uma rachadura no canto. — É uma passagem secreta.

Ela empurra a parede, que se abre.

— Como você sabia? — você pergunta.

Nada para por um momento.

— Tem algo que eu nunca lhe contei e acho melhor você saber agora — diz ela. — Antes de eu começar a praticar *aikido*, fiz outro tipo de treinamento, o ninjútsu. Minha família é um clã ninja há muitos séculos. Assim como os Miyamotori.

Vá para a próxima página.

Ela faz uma pausa enquanto você absorve essa revelação. Teoricamente os ninjas têm poderes incríveis, não apenas em artes marciais, mas em técnicas de movimentos invisíveis e até de feitiçaria.

— Então podemos estar lidando com um ninja? — você pergunta.

— Possivelmente — diz Nada. — Ainda é difícil dizer do que se trata.

— Talvez devêssemos voltar para os arquivos — você sugere. — Podemos encontrar algo em nossa pesquisa que nos ajude a entender tudo isso, antes que a gente caia em algum tipo de armadilha.

— Sim — Nada concorda. — Mas, se estivermos no caminho certo, eu não gostaria de sair dele.

Se você quiser insistir em voltar aos arquivos, vá para a página 77.

Se decidir que é uma boa ideia entrar na passagem secreta, vá para a página 22.

90

No avião, você guarda a espada no compartimento de bagagem acima de sua cabeça. O avião taxia pela pista de decolagem e logo vocês estão a caminho de San Francisco.

Mas, logo depois da decolagem, um passageiro passa pelo seu assento, tropeça e cai sem motivo aparente. Depois, uma comissária de bordo derruba uma bandeja cheia em seu colo, fazendo com que você dê um pulo ao sentir o chá quente molhando suas roupas.

As coisas parecem se acalmar depois do café da manhã, até que você ouve uma movimentação no compartimento de bagagem. Você o abre. O estojo da viola está se mexendo, batendo violentamente contra as paredes do compartimento.

O piloto utiliza o sistema de rádio para dizer:
— Senhoras e senhores, lamento informar que nossos motores estão falhando. Vamos fazer uma aterrissagem de emergência no mar. Por favor, afivelem seus cintos. Já pedi ajuda pelo rádio.

Os comissários de bordo caminham depressa pela cabine, fazendo os preparativos e acalmando os passageiros. O avião começa a cair.

Milagrosamente, ninguém se machuca na aterrissagem no mar. Botes são inflados, as portas de emergência se abrem e os ocupantes da aeronave são evacuados. Na confusão, Nada pega a espada.

Vá para a página 96.

Você acende os fogos de artifício e os arremessa na frente dos dois últimos Yakuzi, o que produz um barulho de tiros.

O efeito é melhor do que o esperado. Os cavalos empinam e se viram, e os outros Yakuzi entram em pânico com o ruído.

— Estamos cercados! — grita um deles. Eles saem correndo, seguindo os dois a cavalo.

Nada e Sashami permitem que eles escapem, cuidando para que os animais fiquem com vocês.

Você desce da árvore e Nada o parabeniza pela tática dos fogos de artifício.

— Foi um uso brilhante da técnica da ilusão — diz ela. — Quando em inferioridade numérica, crie a ilusão de ter um poder maior.

Sashami faz uma reverência a vocês dois.

— Se eu soubesse que tinha ninjas tão habilidosos como aliados, não teria hesitado em confrontar os Yakuzi.

— Você acha que eles vão voltar? — você pergunta.

— Ah, não — Sashami garante. — Eles não vão voltar depois do tratamento que receberam.

Sashami segue explicando que é um *ronin* — um tipo de samurai independente, que não tem mestre — e que viaja procurando trabalho.

— Com a ajuda de vocês, cumpri minha obrigação com o vilarejo. Agora, vou cumprir minha obrigação com vocês. Estou ao seu dispor.

— Estamos todos cansados por causa da luta. Vamos montar acampamento e discutir esse assunto de manhã — diz Nada.

Vá para a página 66.

92

Você se move lentamente no meio do círculo, esperando que sua dança improvisada não pareça engraçada demais para os *yamabushi*. Mas então tem uma ideia: interpretar seu dilema para eles. Meio cantando, meio falando enquanto dança, você conta sobre a sua busca pelo ninja, a reunião com as irmãs Mikiaka e a abdução de Nada pelo *tengu*. Quando a música termina, você faz a pergunta:

— Alguém pode me dizer como resgatar minha amiga?

Os *yamabushi* aplaudem e vibram depois da sua apresentação. Ansiosamente, você procura por aquele que o convidou.

— E a minha pergunta? — você grita quando o encontra.

— Poucos podem vencer os *tengu* — ele responde simplesmente. — Só lhe resta torcer para que tenham pena de você.

Ele o puxa de volta para o círculo e você relutantemente se junta aos festejos enquanto tenta entender o que fazer. Mas, de certo modo, enquanto dança, você esquece os problemas. Os *yamabushi* lhe dão vários presentes, incluindo um colar de pérolas e uma máscara de dragão. Você não se lembra de ter adormecido.

Vá para a próxima página.

Você acorda sozinho na clareira, ao lado das cinzas incandescentes da fogueira. Tudo desapareceu. As pérolas são gotas d'água, e a máscara de dragão, uma mera quinquilharia.

Você se levanta de modo trêmulo. De repente, um vento forte sopra. Ele gira e se torna um redemoinho, que levanta você do chão e o leva ao topo da montanha, colocando-o aos pés de um cedro-japonês. Você ouve risadas vindas dos galhos lá no alto. Quando olha para cima, vê Nada e o *tengu* descendo para se unir a você.

Vá para a página 25.

— Tudo bem, vamos subir. Mas qual será a nossa estratégia quando chegarmos ao topo? — você pergunta a Nada.

— Você terá de ir ao limite de suas habilidades de defesa — diz ela. — Suba primeiro. Estarei alguns passos atrás. Você deve se preparar para qualquer coisa lá em cima. Se conseguir resistir por alguns segundos, terei a chance de pegar o que quer que seja. Esteja preparado; provavelmente será algo muito perigoso.

Você assente, espera um minuto para se preparar e começa a subir a escada. Quando chega ao topo, sente com cuidado o que está acima de você.

— É um alçapão — você sussurra.

— Certo — Nada responde. — Abra... agora!

Você empurra a porta e se afasta, ainda segurando na escada com uma das mãos. Algo que parecem os dentes de um animal agarra seu braço. Você vê Nada passar direto ao seu lado, como se tivesse sido lançada por um canhão. Um segundo depois, vê um flash brilhante e nuvens de fumaça.

— Suba! — diz Nada, tossindo. — Ele usou uma bomba de fumaça para se safar.

Você desenrola a coisa de seu braço — é um *kusari-fundo*, uma corrente com pesos de metal nas duas pontas — e passa pelo alçapão. Quando a fumaça desaparece, você percebe que está em uma varanda. Abaixo, vê os bastiões, muros e pátios do castelo. Não há sinal de quem atacou vocês.

— Não tenho dúvidas de que estamos lidando com um ninja — diz Nada. — Não sei por que ele está nos atacando, mas conseguiu escapar. Agora, precisamos de uma nova estratégia.

Vá para a página 101.

96

Poucas horas mais tarde, um navio cargueiro chega para resgatar vocês. Alguns passageiros riem, outros choram de alívio. Mas, minutos depois de vocês subirem a bordo, um som estridente ecoa de dentro do estojo da viola. O capitão do cargueiro anuncia:

— Detesto dizer isso, pessoal, mas nossos motores estão com problemas. Permaneçam nas laterais enquanto localizamos o defeito.

Todo mundo olha feio para vocês. A comissária que derrubou a bandeja se aproxima e diz:

— Olha aqui, não sei o que tem dentro desse estojo, mas tenho a sensação de que o que tem aí está causando tudo isso. Ou o estojo sai do navio, ou vocês saem.

— Não! — grita Nada. — Não podemos abrir mão do estojo. Temos que descobrir o que está acontecendo!

Se você tentar convencer Nada a jogar a espada para fora do navio, vá para a página 81.

Se concordar que é preciso ficar com ela custe o que custar, vá para a página 82.

97

Demora um pouco para seus olhos se ajustarem à fraca luz esverdeada. Quando consegue enxergar, você percebe que está dentro de uma grande e empoeirada câmara subterrânea. Há armaduras penduradas nas paredes, algumas delas com esqueletos dentro.

Mas é a grande urna no meio da sala que está causando o barulho, ao girar enlouquecidamente na base. Luzes verdes pairam sobre ela. A urna gira cada vez mais depressa até cair no chão, espatifando-se e revelando o que há ali dentro: um cadáver, cujos olhos brancos fitam você!

Rapidamente, você sai da sala, fecha a porta e volta aos arquivos. Quando Nada retorna, você conta a ela, da maneira mais calma e precisa que consegue, o que acabou de ver.

— Isso é muito ruim — diz ela. — Devemos evitar problemas aqui. É melhor contarmos ao sr. Hatama.

Se você disser: "Não quer ver com seus próprios olhos antes?", vá para a página 88.

Se concordar que o sr. Hatama deve ser consultado, vá para a página 65.

— Vamos procurar outro caminho — você diz. — Não gosto da ideia de entrar em uma armadilha, mesmo que estejamos preparados para isso.

— Seria tolice subir a escada se você tem dúvidas — Nada concorda.

Vocês voltam para a interseção de passagens e viram à direita. O caminho serpenteia e se dobra, parecendo não levar a lugar algum.

— Perdi a noção de onde estamos — você diz.

— Este caminho foi construído para confundir — responde Nada. — Precisamos tomar cuidado quando conseguirmos achar uma saída. O ninja, ou o que quer que seja, pode saber exatamente onde vamos sair.

Por fim, vocês chegam a um beco sem saída. Nada tateia a parede à procura de uma passagem secreta.

Vá para a página seguinte.

— Temos de estar preparados para qualquer coisa — ela sussurra. — Encoste na parede do outro lado. Quando eu abrir a passagem, vou pular de volta para este lado. Assim poderemos ver se tiver algo esperando por nós.

Você atravessa para o outro lado. Nada abre a porta rapidamente e então se afasta. A luz entra pela abertura.

Vocês esperam por cinco, dez, quinze minutos. Não acontece nada. Vocês não ouvem nenhum som. Cuidadosamente, caminham até a porta e passam por ela, chegando a um pátio de pedra. Lá no meio, deitado de barriga para baixo, está o cadáver.

Se você decidir ir dar uma olhada no cadáver, vá para a página 78.

Se acredita que deve dizer a Nada que está na hora de conversar com o sr. Hatama sobre os acontecimentos bizarros, vá para a página 114.

100

Você e Nada encontram a carta que veio com a espada. Não há endereço do remetente e não está assinada.

— Não sei como podemos localizar o remetente — diz ela.

— Onde está a caixa em que ela veio?

Quando vocês encontram a caixa, conferem o exterior para localizar um carimbo.

— San Francisco! — você exclama.

— Então, acho que é para lá que vamos — diz Nada. — Podemos pegar um avião em Kyoto amanhã cedo.

Você e Nada embrulham a espada e a colocam dentro do estojo de uma viola para levá-la para a Califórnia. Compram a passagem no aeroporto e se dirigem ao portão de embarque. Quando chegam perto do detector de metal, percebem que terão de passar por ele com a espada.

— O que vamos fazer? — Nada sussurra enquanto vocês esperam na fila. — Podemos ser presos por tentar entrar no avião com a espada.

— É tarde demais para voltar — você diz baixinho. — Podemos dizer que se trata de uma relíquia.

— Espero que dê certo — responde Nada.

Você passa pelo detector primeiro. Nada coloca o estojo da viola na esteira. Não há sirenes, apitos ou qualquer outro sinal. Nada pega o estojo e vocês caminham para o portão.

— Essa espada é muito esquisita — ela murmura.

Vá para a página 90.

— Por que não nos separamos? — você sugere. — Assim teremos mais chances de encontrá-lo. Ele não pode atacar nós dois de uma vez.

— Tudo bem — Nada concorda. — Mas tome cuidado. Tente ficar ligado ao *sakki*, à força do assassino. Vamos nos encontrar aqui em vinte minutos, se não acharmos nenhuma pista.

Vocês se separam para procurar o ninja. Você escala a varanda, descendo, e passa por um dos bastiões de pedra, movendo-se com *haragei*. Você segue até uma muralha externa, de cima da qual pode observar os telhados e os frontões do castelo. Lá embaixo, há um desfiladeiro que dá para uma ravina.

De repente, você rola para a esquerda, pulando do muro, e se segura no topo com as mãos. Uma pessoa de roupas pretas aterrissa no ponto que você acabou de deixar, mas o impulso — que ele esperava que você detivesse — o faz cair do muro na ravina lá embaixo. Conforme ele passa, você vê que os olhos dele são iguais aos do cadáver.

Vá para a próxima página.

Você sobe de novo no muro e chama Nada, então conta a ela o que aconteceu.

— Não sei como eu sabia que ele estava vindo — você diz. — Não pensei. Simplesmente saí da frente.

— Isso é *sakki* — diz ela.

— E o cadáver? — você se pergunta. — Como ele pôde me atacar?

— Acredito que o *kami* deve ter possuído o corpo do morto para nos atacar. Mas ainda não sei por que o ninja queria nos matar.

— É melhor irmos embora — você diz. — Aposto que o *sensei* terá algumas ideias.

— Sim — Nada concorda. — Acho que já aprendemos o suficiente aqui para nos defender do *kami*.

FIM

Você tira um *shuriken* do seu *furoshiki* e deixa que ele voe na direção do *tengu*. Ele bate na asa, fazendo a criatura uivar de susto.

Ele o encara com os olhos brilhando e grita:

— Como ousa?

O *tengu* solta Nada e voa, com a asa ferida batendo fracamente. Você corre até a ponte para ajudar sua amiga. O *tengu* ri.

De repente, a ponte pega fogo. É rapidamente consumida pelas chamas, e você e Nada mergulham na ravina.

FIM

Você tenta explicar às criaturas de lava que precisa ficar com a espada para descobrir que força está atacando o *dojo* de Nada. Enquanto isso, ela rema para longe da margem.

— Voltem! — as vozes gritam. — Vocês devem entregar a espada. Ela só vai causar mais problemas!

As vozes desaparecem conforme vocês se afastam da ilha. Vocês pegam uma corrente que os leva a mar aberto de novo. Mas você não tem a sensação de estar à deriva. Algo parece estar puxando vocês, e está se tornando mais forte. O bote se move cada vez mais depressa em direção à origem da corrente.

Por fim, você vê de relance o que está atraindo vocês — um enorme redemoinho no mar! Vocês tentam remar para longe, mas ficam presos na corrente. São sugados para a beira do enorme redemoinho como quem desce uma cachoeira. No turbilhão, vocês descem depressa, girando sem parar. Cobrem a cabeça em um gesto inútil quando o peso da água os derruba.

Uá para a página seguinte.

Quando abrem os olhos, você e Nada ficam surpresos ao se verem em um palácio submarino, repleto de algas. Três mulheres-dragão de escamas brancas estão puxando seu bote pelo palácio.

Vocês são levados diante de um trono. Uma mulher usando uma coroa com uma serpente está sentada em uma almofada tocando uma *biwa*, um instrumento de cordas. A mulher ergue a cabeça e cumprimenta vocês, dizendo:

— Vocês devem estar se perguntando onde estão. Não temam. Sou a Rainha do Mar, e este é o meu palácio.

— Você nos trouxe até aqui? — você pergunta.

— Sim — responde a Rainha do Mar. — Tenho algo importante para pedir a vocês.

Vá para a página 86.

Nada o agarra no mesmo instante em que você decide permanecer afastado.

— Não podemos nos intrometer — diz ela. — O outro ninja terá mais sucesso sem a gente.

— Eu sei — você concorda.

A luta entre os dois ninjas começa. Você mal consegue acompanhar a série rápida de movimentos de espada, esquivas e saltos até o outro ninja golpear Sanchiro.

Sashami se levanta para parabenizar o combatente. Mas, quando o ninja o vê, corre para a mata. Você e Nada adentram a clareira.

— Ouça! — você diz. — Sanchiro está dizendo alguma coisa.

Você escuta as últimas palavras de Sanchiro: uma maldição de vingança contra a família Kurayama... a família de Nada!

— O outro ninja deve ser o meu ancestral — diz ela. — Nós testemunhamos a origem da promessa de vingança do *kami*. Quando o nosso *dojo* recebeu a espada, ela deve ter acionado a maldição.

— Podemos combatê-la? — você pergunta.

— Podemos tentar — diz Nada.

Ela faz uma série de sinais com os dedos, parecidos com aqueles que você viu quando ela os levou ao passado. Quando termina, vira-se para você e diz:

— Mesmo se o meu *kuji* não funcionar, agora que sabemos a origem da maldição, acredito que seremos capazes de bloqueá-la com a ajuda do *sensei*.

Enquanto isso, Sashami volta e diz meio sem jeito:

— Acho que assustei o ninja.

— Não importa — você diz. — Sem a sua ajuda, nunca teríamos resolvido nosso problema.

Vocês dizem adeus a Sashami e se preparam para voltar ao *dojo*.

FIM

108

Deixando a espada para depois, você corre em direção ao ninja, que parece estar com problemas para se levantar. De repente, ele se vira e joga algo em seu rosto, que faz seus olhos arderem. Ao mesmo tempo, você escuta Nada atacar os outros dois. O ninja desaparece, mas, alguns segundos depois, você é jogado ao chão e a espada é encostada em seu peito.

— Pare! — o ninja grita para Nada. — Estou com o seu amigo!

Você e Nada são amarrados e levados ao castelo do ninja. Como seu adversário conhece todos os métodos de fuga, vocês não têm chance de escapar. Depois de alguns dias na masmorra, vocês são levados aos aposentos do ninja e forçados a se ajoelhar à beira da plataforma na qual ele está sentado.

— Para ser sincero — diz ele —, vocês nos surpreenderam. Estávamos esperando outra pessoa. Ainda não sabemos de onde vocês vieram, mas está claro que são ninjas habilidosos. Talvez o destino quisesse que nos encontrássemos.

— O que está dizendo? — você pergunta.

— Queremos que se juntem a nós. É uma ótima oportunidade para vocês. Aprendi muitos poderes com um *tengu* nas montanhas. Com a espada que ele me deu, sou invencível. Como podem ver, já acumulamos muita terra e riquezas. E vamos acumular mais.

— E se não quisermos nos juntar a vocês? — pergunta Nada.

O ninja dá de ombros.

— Nesse caso, vocês morrerão.

FIM

Ao decidir que é melhor permanecer afastado do poço assombrado, você volta para tomar café da manhã com Nada. Depois de comer, vocês partem montanha acima para encontrar Gyoja.

Vocês procuram o dia todo, mas não encontram sinal do *yamabushi*. Estão prestes a desistir quando veem um pequeno templo escondido nas árvores. Ali, encontram um senhor pequeno e encurvado, com cabelos compridos e uma concha ao lado. Ele parece surpreso quando vocês se aproximam.

— Até aqui vocês me encontram! — exclama. — Tenho evitado vocês o dia todo, tentando fazer meu trabalho. Independentemente do que desejem, é melhor que seja importante.

— É importante — diz Nada, fazendo uma reverência. Ela relata os detalhes da situação no *dojo*, assim como o ataque do ninja e sua espada.

— Yukio achou que o senhor poderia nos ajudar — Nada conclui.

Vá para a página 80.

Você ignora a música do *koto* e continua subindo a montanha, com os olhos fixos nas *tengu-bi*. As luzes parecem cada vez mais brilhantes conforme você atravessa a noite.

Ao chegar à cordilheira abaixo das *tengu-bi*, as luzes de repente se acendem em uma teia de raios. Elas piscam enlouquecidamente, cobrindo o céu, iluminando a paisagem. Trovões ressoam. Um vento forte balança as árvores.

Você procura um lugar onde possa se proteger, mas o vento e os raios parecem penetrar tudo. Então, no céu, aparece o *tengu*, com os olhos brilhando, faíscas saindo das asas, as garras em posição de ataque.

Você se vira e desce a montanha correndo. O *tengu* voa atrás de você, passando rente à sua cabeça, então se afasta no último segundo, várias vezes. Por fim, ele grita:

— Pensei que você fosse capaz de fazer melhor do que isso!

Ele vai embora. Um túnel de vento com gravetos e rochas tira você da montanha e o leva pelo campo, atravessa o mar do Japão e coloca você em um vilarejo perto da Grande Muralha da China.

FIM

— Não! — Nada sussurra quando você avança com a espada de Sashami.

Ela tenta segurar você, mas erra. Isso distrai o outro ninja, e Sanchiro rapidamente ataca.

O ninja cai.

Então, Sanchiro se vira para olhar para você. Você se aproxima dele, e, com seu primeiro golpe, a espada se quebra ao meio. Você percebe que cometeu um erro terrível. A espada de Sanchiro tem uma espécie de poder mágico, e você não vai conseguir se defender dele.

FIM

112

Você pega a espada e sai pela janela. Pula o muro do castelo e volta para a casa de Nikkya sem ser notado.

Você bate à porta. Nikkya atende e faz um gesto pedindo silêncio.

— Acho que Nada vai sair dessa — ela sussurra —, mas precisa dormir. Você pode conversar com ela amanhã.

Apesar de estar impaciente para mostrar a espada a sua amiga, você percebe que a senhora está certa. Exausto, você logo cai no sono.

De manhã, encontra Nada fraca, mas se recuperando bem. Você conta a ela sobre suas explorações e mostra a espada. Mas a reação dela não é a que você espera.

— Estou muito impressionada por você ter conseguido pegar a espada — diz ela —, mas não sei como isso pode nos ajudar. Afinal, nós já temos a espada, em nossa época, no *dojo*. O que realmente precisamos descobrir é a origem da perturbação. Ainda não sabemos isso.

— Você está certa — diz você. — Não tinha pensado nisso.

— Bem, Nikkya me deu algumas informações úteis. Depois de cuidar de meu ferimento, ela me disse que o castelo pertence a Sanchiro Miyamotori. Os Miyamotori foram inimigos da minha família por muito tempo. Isso pode nos ajudar a entender o que está acontecendo. O que podemos fazer agora é voltar para a nossa época e torcer para que o *sensei* possa nos ajudar a decifrar as coisas.

FIM

— Não, obrigado — você diz ao *yamabushi*. — Preciso resgatar minha amiga.

Rapidamente, você volta para a mata e segue em direção à estrada, mas não consegue encontrá-la. Continua procurando no escuro, até perceber que está andando em círculos. Exausto e sangrando por ter atravessado o emaranhado de arbustos, você finalmente adormece.

No dia seguinte, decide esquecer a estrada e subir reto a montanha, em meio à floresta. Durante toda a manhã, você abre caminho pela densa mata. Por fim, chega a uma clareira no topo da cordilheira.

O que vê ali faz com que perca a respiração. Não há nada além de água ao seu redor. Você está em uma ilha, uma única montanha no meio do mar azul. Você tem a sensação de que algum tipo de feitiçaria o levou até ali — talvez o *yamabushi* tenha se vingado de sua recusa a se unir a eles —, mas não tem a mínima ideia de como voltar à civilização.

FIM

— Isso está ficando muito estranho — você diz a Nada. — É melhor contarmos ao sr. Hatama.

— Acho que você tem razão — responde Nada. — Se a família Miyamotori nos pegar aqui com este cadáver, teremos muitos problemas.

Você e Nada começam a sair do pátio para procurar o sr. Hatama. Um som discreto faz com que olhem para trás. E se viram bem a tempo de ver o cadáver, com uma máscara aterrorizante de demônio, baixar a espada em direção ao seu pescoço.

FIM

{ GLOSSÁRIO }

Aikido: *Ai*, harmonia; *ki*, energia; *do*, o caminho. Disciplina defensiva que usa movimentos giratórios e o ímpeto do atacante para neutralizar o ataque.
Biwa: Instrumento de quatro cordas parecido com um alaúde.
Bujutsu: Termo amplo para todas as artes de guerra japonesas.
Caratê: Literalmente, "de mãos vazias". Arte marcial que utiliza chutes e socos.
Daimiô: Senhor feudal.
Dojo: Local onde as artes marciais são praticadas.
Furoshiki: Pano grande usado para amarrar e levar os pertences.
Gen: Ilusão. Um homem sábio afirma que este mundo é *gen*, um show de marionetes.
Gohei: Varinha sagrada usada por sacerdotes das montanhas.
Goryo shinko: A prática de construir santuários e realizar festivais para acalmar espíritos vingativos. É baseado na crença de que, se uma pessoa morrer com ressentimento, o espírito dela vai assombrar os vivos.
Haragei: Um tipo de sexto sentido, uma maneira de se centrar em si mesmo e se ligar à energia interior. *Hara* é o centro de gravidade de uma pessoa, um ponto cinco centímetros abaixo do umbigo.
Jonin: Líder de um grupo de ninjas.
Kaginawa: Um gancho preso à ponta de uma corda.
Kami: Espírito, demônio ou entidade.
Koto: Instrumento de cordas de seda que parece uma cítara.
Kuji: Feitiçaria ninja. Às vezes descrita como "nove mãos cortando" ou "nove sílabas". Posições místicas de dedos que canalizam energia.
Kusari-fundo: Arma ninja, uma corrente com pesos nas duas pontas.
Miko: Sacerdotisa ou mulher que atua em um santuário. Também pode ser feiticeira.
Ninja: Adepto da arte do ninjútsu.
Ninjútsu: A "arte da furtividade" ou o "modo da invisibilidade". Disciplina não convencional que incorpora artes marciais, armas especiais, técnicas de dissimulação e feitiçaria.

Quimono: Vestimenta parecida com um roupão, normalmente de algodão ou de seda, usada por homens e mulheres.
Rojo: Governanta, mulher que comanda a equipe doméstica.
Ronin: Literalmente, "homem lançado pelas ondas". Um samurai independente, sem mestre, que não costuma ter emprego fixo.
Ryu: Escola ou tradição de artes marciais.
Saiminjutsu: Hipnotismo ninja.
Sakki: Um tipo de sexto sentido ou habilidade de detectar intenções malignas — "a força do assassino".
Samurai: Guerreiro feudal japonês. Os samurais eram a classe mais alta, seguidos pelos agricultores, artesãos e, por fim, mercadores. Os samurais também eram os administradores da propriedade.
Saquê: Vinho de arroz japonês.
Sensei: Mestre, professor.
Seppuku: Ritual suicida, uma forma respeitável de morte para o samurai.
Shugendo: Religião japonesa das montanhas que incorpora práticas ascéticas e magia. O fundador tradicional do *Shugendo* é En no Ozunu, às vezes chamado de En no Gyoja. Os praticantes do *Shugendo* são chamados de *yamabushi*.
Shuriken: Lâmina de metal que se arremessa, normalmente em forma de estrela.
Tatarigami: Transe ritual.
Tengu: Criaturas místicas que supostamente ensinaram sua arte aos ninjas. Às vezes descritos como solícitos porém travessos, às vezes como malvados, os *tengu* costumam ser apresentados com nariz ou bico comprido, asas presas ao corpo de um idoso e garras ou unhas longas. Usam uma capa de penas ou folhas, vivem nas árvores das montanhas e, de acordo com uma descrição, são o espírito condensado do princípio do *yin*, ou escuridão.
Tengu-bi: Luz dos *tengu*, uma fosforescência lúgubre que brilha entre as árvores das montanhas onde os *tengu* vivem.
Tengu-kaze: Vento *tengu*, um redemoinho que levanta as pessoas no ar.
Yamabushi: Literalmente, "aquele que se deita nas montanhas". Sacerdote, asceta ou mágico *Shugendo*.

{ TESTE }

Não importa se você derrotou seus rivais ou não. Prove que ganhou sabedoria e conhecimento com as aventuras que acabou de ler.

1) Como é chamada a arte sagrada da invisibilidade e da furtividade praticada pelos ninjas?
   a. Ninjamim
   b. Arte do ninja
   c. Ninjútsu
   d. Bujutsu

2) Quem é Nada?
   a. Sua inimiga
   b. Sua prima
   c. Sua vizinha
   d. Sua melhor amiga

3) O que é *sakki*?
   a. Uma espécie de sexto sentido que Nada aprendeu em seu treinamento
   b. Um tipo de chá
   c. Um tipo de caratê
   d. Nada, é uma palavra inventada

4) O que o nome Nada significa?
   a. Menina
   b. Tigre guerreiro
   c. Caminho de terra para o rio na floresta
   d. A parte aberta e revolta do mar, onde a navegação é complicada

5) Que brasão de família está gravado na espada?
   a. O da família de Nada
   b. O da sua família
   c. O da família Miyamotori, inimiga da família de Nada
   d. O da família Mayalimon, inimiga da sua família

6) Quem vocês conhecem que os conecta à família Miyamotori?
   a. O sr. Hatama, *sensei* deles
   b. O sr. Yamagochi, jardineiro deles.
   c. O sr. Tamaka, vizinho deles
   d. Nada conhece o filho deles

7) Quem é Tatsumo?
   a. Seu vizinho
   b. O sacerdote *Shugendo*
   c. O *sensei* dos Miyamotori
   d. Seu melhor amigo

8) Quem é o homem de olhos inquietos a quem vocês pedem ajuda para encontrar os ninjas?
   a. Hitoshi
   b. Himaki
   c. Hatama
   d. Sr. Smith

9) O que Sanchiro Miyamotori fundou?
   a. O primeiro McDonald's do Japão
   b. Um clube secreto
   c. Um banco
   d. Um *ryu* ninja

10) Quem ensinou ninjútsu a Sanchiro?
    a. O sr. Hatama
    b. Nada
    c. Uma criatura mística alada e de nariz comprido que vive nas montanhas
    d. Ninguém, ele o inventou

Respostas: 1-c; 2-d; 3-a; 4-d; 5-c; 6-a; 7-b; 8-a; 9-d; 10-c

IMPRESSÃO E ACABAMENTO

YANGRAF
GRÁFICA E EDITORA LTDA.
WWW.YANGRAF.COM.BR
(11) 2095-7722